www.ingramcontent.com/pod-product-compliance
Lightning Source LLC
LaVergne TN
LVHW010843051026
849532LV00007B/2810
* 9 7 8 9 3 6 9 0 8 2 5 6 8 *

گھر واپسی

(افسانے)

احمد صغیر صدیقی

Ghar Vaapsi *(Short Stories)*
by: Ahmad Sagheer Siddiqui
Edition: August '2025
Publisher :
Taemeer Publications LLC (Michigan, USA / Hyderabad, India)

ISBN 978-93-6908-256-8

کتاب	:	**گھر واپسی** (افسانے)
مصنف	:	**احمد صغیر صدیقی**
صنف	:	فکشن
ناشر	:	تعمیر پبلی کیشنز (حیدرآباد، انڈیا)
سالِ اشاعت	:	۲۰۲۵ء
صفحات	:	۹۰
سرورق ڈیزائن	:	تعمیر ویب ڈیزائن

فہرست

۱

ہم سفر

شام نے اپنے گیسو پھیلا دیئے تھے۔ سورج آہستہ آہستہ روپوش ہو رہا تھا اور ہر آدمی جلدی جلدی اپنے گھر پہنچنے کے لئے بس اسٹاپ کی طرف بھاگ رہا تھا۔ میں بھی اپنے دفتر سے نکل کر بس اسٹاپ پر آگیا اور ایک بینچ پر بیٹھ کر بس کا انتظار کرنے لگا۔ مجھے جامعہ نگر جانا تھا اور میری بیوی ابھی تک نہیں آئی تھی۔ وہ بھی پاس ہی کے دفتر میں نوکری کرتی ہے اس کے آنے کا وقت ہو گیا تھا۔ میں بس اسٹاپ پر بیٹھا آس پاس کا جائزہ لینے لگا کچھ ہی فاصلے پر بلو رنگ کی جنس اور پنک کلر کی کرتی پہنے ایک لڑکی بیٹھی تھی اس کے بغل میں ایک لڑکا بھی بیٹھا تھا جو لڑکی سے زیادہ ہینڈ سم اور اسمارٹ تھا۔ دونوں دنیا و مافیہا سے بے نیاز باتوں میں مشغول تھے۔ اسی بینچ کے بالکل آخری کنارے پر بڑے پستان والی ایک عورت بیٹھی تھی۔ اس کی عمر یہی پینتس سال ہو گی۔ اس کے ساتھ دو بچے تھے۔ ایک تقریباً آٹھ سال کا اور دوسرا چھ سال کا۔ دونوں ماں کے بغل میں خاموش بیٹھے تھے۔ بس اسٹاپ پر کئی مرد عورتیں کھڑی بس کا انتظار کر رہی ہیں۔ ایک لڑکی میرے کچھ فاصلے پر کھڑی بار بار گھڑی دیکھ رہی تھی۔ موبائل اس کے ہاتھ میں تھا۔ وہ موبائل پر بار بار نگاہ کرتی۔ شاید کسی

کی کال آنے والی تھی۔ اس کے چند قدم کی دوری پر ایک ضعیف شخص کھڑا تھا۔ اس کے ہاتھ میں ایک تھیلہ تھا۔ غالباً وہ کچھ سامان خرید کر گھر لوٹ رہا تھا۔ اس سے ذرا ہٹ کر ایک ادھیڑ عمر عورت بھی بس کے انتظار میں کھڑی سامنے کی سڑک پر آتی بسوں کو تک رہی ہے جب اس کے نمبر کی بس نہیں آتی تو اس کے چہرے پر مایوسی کی لکیریں ابھر آتیں۔

ایک ساتھ کئی بسیں آئیں اور لوگ چڑھنے لگے۔ ایک بس پر وہ ضعیف شخص سوار ہو گیا تو دوسری بس پر وہ ادھیڑ عمر عورت۔ بس اسٹاپ پر بھیڑ قدرے کم ہو گئی۔ وہ لڑکی جو بار بار گھڑی دیکھ رہی تھی۔ کسی بھی بس پر سوار نہیں ہوئی یا تو اس کی بس نہیں آئی تھی یا اسے کسی اور کا انتظار تھا۔ میرے ساتھ بینچ پر بیٹھے لڑکے لڑکی اور وہ بڑے پستان والی عورت بھی اسی طرح بیٹھی تھی۔ لڑکی نے اس لڑکے کا ہاتھ اپنے ہاتھ میں لے لیا۔ لڑکے نے دوسرا ہاتھ اس کے گلے میں ڈال دیا۔ لڑکی مسکرانے لگی۔ بڑے پستان والی عورت نے دونوں کو ایک بار دیکھا پھر دوسری طرف منھ پھیر لیا۔ اس کے دونوں بچے اب کھڑے ہو گئے۔

"ممی پیشاب کرنا ہے"۔۔ بڑے بیٹے نے کہا۔

"ممی مجھے بھی"۔۔ چھوٹے بیٹے نے بھی کہا۔

"پیچھے کر لو"۔۔ بڑے پستان والی عورت نے بیٹھے بیٹھے بس اسٹاپ کے پیچھے اشارہ کیا۔ دونوں پیچھے چلے گئے۔ بس اسٹاپ کے پیچھے ایک چھوٹی سی نالی بہہ رہی تھی۔ نالی کے قریب دیوار تھی۔ دونوں بچے نالی کے کنارے کھڑے ہو کر پیشاب کرنے لگے۔ چھوٹے والے نے اپنے پیشاب کی دھار بڑے کی دھار سے ملایا۔ بڑا والا

بھی ذرا ترچھا ہو کر دھار سے دھار ملانے لگا۔ اب دونوں پیشاب کی دھار کو ایک دوسرے سے ٹکرا رہے تھے اور ہنس بھی رہے تھے۔

"دیکھتا ہوں کون کاٹتا ہے۔"۔۔بڑے لڑکے نے کہا۔

"میں کاٹوں گا"۔۔ چھوٹے لڑکے نے کہا۔

لیکن اس کا پیشاب جلد ختم ہو گیا اور دھیرے دھیرے اس کی دھار کم ہو کر رک گئی۔

"میں جیت گیا!"۔۔بڑے لڑکے نے کہا۔ چھوٹا لڑکا بغیر کچھ کہے ماں کے پاس آگیا۔ماں نے بوتل سے پانی انڈیل کر ہاتھ پر دیا۔اس نے ہاتھ دھولیا۔بڑے لڑکے نے بھی ہاتھ دھولیا۔

"ممی آئس کریم!"۔۔ چھوٹے لڑکے نے آئس کریم والے کو دیکھ کر کہا۔ آئس کریم والا ابھی ابھی آیا تھا۔ بڑے پستان والی عورت نے پرس سے بیس کے نوٹ نکالے اور بڑے بیٹے کو دیتے ہوئے کہا۔۔۔۔۔۔۔۔۔

"دس دس کے دو آئس کریم لے لو"

دونوں بچے آئس کریم والے کے پاس چلے گئے۔ چھوٹا والا پہیئے پر چڑھ کر آئس کریم کے ڈبے کے اندر جھانکنے لگا۔

"مجھے ڈنٹی والا چاہیئے"

"مجھے ڈبے والا"

آئس کریم والے نے دونوں کی پسند کی آئس کریم دے دی۔ دونوں ماں کی بغل میں بیٹھ کر کھانے لگے۔

وہ لڑکی جو کافی دیر سے کھڑی بار بار گھڑی دیکھ رہی تھی۔ اچانک اس کے چہرے پر مسکراہٹ رینگ گئی۔ سامنے سے ایک بائیک آکر بس اسٹاپ پر رُکی۔ وہ جلدی سے اس کے پیچھے بیٹھ گئی۔ بائیک ایک لڑکا چلا رہا تھا اس نے تیزی سے بائیک آگے بڑھائی اور لڑکی اس کی پیٹھ سے چپکتی چلی گئی۔

میرے کچھ فاصلے پر بیٹھے لڑکے لڑکی ایک دوسرے کی انگلیوں سے کھیل رہے تھے اور باتوں میں مشغول تھے۔ جیسے آج پوری رات گزر جائے گی مگر بات ختم نہ ہو گی۔

"آئس کریم کھاؤ گی؟"۔۔ لڑکے نے لڑکی سے پوچھا۔

"ہوں!"۔۔ لڑکی نے چھوٹا سا جواب دیا۔

لڑکا اٹھ کر آئس کریم والے کے پاس گیا۔ پرس سے سو کا نوٹ نکال کر آئس کریم والے کی طرف بڑھایا اور دو مہنگے آئس کریم لے کر آگیا۔ ایک لڑکی کو دیا اور دوسرا خود کھانے لگا۔ کھانے کے دوران دونوں خاموش رہے البتہ لڑکی نے اپنا ایک ہاتھ لڑکے کے کندھے پر رکھ دیا پھر اپنا کھایا ہوا آئس کریم اس کے منھ کی طرف بڑھایا۔ لڑکے نے تھوڑا سا کھا لیا۔ لڑکے نے بھی اپنا آئس کریم اس کے منھ کی طرف بڑھایا۔ اس نے اس کا ایک حصہ کھا لیا۔ آئس کریم کھانے کے بعد لڑکی نے پرس سے ٹشو نکال کر ہاتھ صاف کیا پھر لڑکے کی طرف بڑھایا۔ لڑکے نے اپنا ہاتھ صاف کر کے ٹشو واپس کر دیا۔

بس اسٹاپ پر دھیرے دھیرے بھیڑ بڑھنے لگی۔ میں نے گھڑی پر نگاہ کی ابھی تک میری بیوی نہیں آئی ہے۔ میں نے ایک بار پھر بس اسٹاپ پر کھڑے لوگوں کی

طرف دیکھا' ایک بائیک آکر رکی اس کے پیچھے چہرے کو نقاب سے ڈھکے ایک لڑکی اتری۔ اس نے لڑکے کو بائی کہا۔ لڑکا بھی بائی کہہ کر بائیک کو آگے بڑھا دیا۔ لڑکی بس اسٹاپ پر کھڑی بس کا انتظار کرنے لگی۔ اسی درمیان ایک لڑکی اپنا پرس سنبھالتی ہوئی میری بغل میں جو تھوڑی سی جگہ خالی تھی بیٹھ گئی۔ میں نے اس کی طرف بس ایک بار دیکھا۔ اس ڈر سے نظر ہٹالیا کہ اگر دیر تک گھور کر دیکھتا رہوں گا تو مجرم قرار پاؤں گا اور کسی لڑکی کو دیر تک دیکھنے کے جرم میں کئی سالوں تک جیل کی دیواروں کو دیکھنا پڑے گا۔

"آپ مجھے گھور رہے تھے!"۔۔ لڑکی مجھ سے مخاطب ہوئی۔

"نہیں تو!"۔۔ میں نے بغیر دیکھے کہا۔

"میں کہتی ہوں کہ آپ نے مجھے دیکھا ہے۔"

"صرف ایک بار۔۔۔۔۔۔۔۔۔"

"کیوں دیکھا"

"کسی کو بھی دیکھنا انسانی فطرت ہے"

"انسانی نہیں مردانی فطرت ہے"۔۔ آس پاس کے لوگ ہماری طرف متوجہ ہو گئے۔

"آپ جو سمجھ لیجئے"

"لیکن آپ نے مجھے دیکھا کیوں؟"

"یونہی نگاہ اُٹھ گئی۔۔۔۔۔۔۔۔ اگر آپ کو دیکھنا میرا برا لگا تو معافی چاہتا ہوں"

"کمال کرتے ہیں۔ گناہ کر کے معافی مانگتے ہیں۔ اس طرح تو کوئی بھی گناہ کرے گا اور معافی مانگ کر بچ جائے گا"

"ایک بار دیکھنے کے لئے سرکار نے ابھی کوئی قانون نہیں بنایا ہے۔ جب قانون بنے گا تب میں سزا کا مرتکب ہوں گا"

"لیکن میری نظر میں آپ مجرم ہیں۔ اس لئے کہ آپ نے مجھے دیکھا ہے"

"میں نے معافی مانگ لی ہے"

اسی وقت ایک جلوس سڑک سے گزرنے لگا۔ جلوس میں بہت سارے مرد عورت ہاتھوں میں تختی لئے خاموش چل رہے تھے۔ جیسے ان کے لب کسی نے سی دیئے ہوں۔ اب ان کو کون سمجھائے کہ تختی پر جو نعرے لکھے ہیں اسے کتنے لوگ پڑھ پائیں گے۔ اگر ہندوستان کا ہر آدمی اس نعرے کو پڑھ لیتا تو ملک میں انقلاب نہ آجاتا؟

"یہ جلوس کس چیز کے لئے نکلا ہے بابو جی؟"۔۔ میرے تھوڑے فاصلے پر جو ابھی ابھی ایک مزدور آکر کھڑا ہوا تھا' بغل میں کھڑے آدمی سے پوچھا۔ اس آدمی نے حقارت سے اس کی طرف دیکھا۔

" تختی میں سب لکھا ہے' پڑھ لو"۔۔ اس نے جھنجھلا کر کہا۔

وہ مزدور خاموش ہو گیا۔ آئس کریم بیچنے والا بھی حیرت سے جلوس کو گزرتے ہوئے دیکھ رہا تھا۔ اس کی بھی سمجھ میں نہیں آرہا تھا کہ کس مانگ کو لے کر جلوس نکالا گیا ہے۔

"دیکھا آپ نے لوگ عورتوں کی حفاظت کے لئے سڑکوں پر اتر آئے ہیں اور

آپ یہاں بیٹھے ایک اکیلی لڑکی کو گھور رہے تھے"۔۔ میری بغل میں بیٹھی لڑکی پھر مجھ سے مخاطب ہوئی۔

"اس سے کچھ نہیں ہوگا۔ قانون بنانے سے اگر سدھار آجاتا تو یہ ملک کب کا ترقی یافتہ ملک بن جاتا۔ انسان کو اپنی سوچ بدلنی ہوگی محترمہ۔ اپنا نظریہ بدلنا ہوگا۔ جب ہم گھر سے نکلتے ہیں تو یہ بھول جاتے ہیں کہ میرے گھر میں بھی جوان بہن ہے لیکن ہم دوسری لڑکیوں کو دیکھ کر اپنی آنکھیں سینکتے ہیں۔ جب ہم اپنی بہن کے ساتھ سفر کرتے ہیں تو ہرگز نہیں چاہتے کہ کوئی دوسرا مرد اس کی بغل میں بیٹھے لیکن جب ہم اکیلے رہتے ہیں تو لڑکی کی بغل میں جا کر بیٹھ جاتے ہیں۔ ہمیں اپنی بہن' اپنی بیوی کی عزت کی بڑی فکر ہوتی ہے اور دوسرے کی بہن کی عزت لوٹنے میں پل بھر کے لئے بھی اپنی بہن کا خیال نہیں آتا کہ جب وہ اکیلی باہر نکلے گی تو اس کے ساتھ بھی کوئی ایسی حرکت کر سکتا ہے۔ جب تک ہم نہیں بدلیں گے ملک نہیں بدلے گا۔"

"تو پھر آپ ہی انقلاب کا پرچم ہاتھوں میں لے کر نکل پڑیئے"۔۔ اس لڑکی نے ہاتھ نچا کر کہا۔

"انقلاب سوچ میں لانا ہوگا۔۔۔۔۔۔۔۔ اپنی فکر میں لانا ہوگا۔۔۔۔۔۔۔ نظریئے میں لانا ہوگا۔۔۔۔۔۔۔۔ ہمیں عورتوں کا احترام کرنا سیکھنا ہوگا۔۔۔۔۔۔۔۔ ہمیں اس کی عزت کا خیال رکھنا ہوگا۔۔۔۔۔۔۔۔ اس کی پاکیزگی کا بھرم رکھنا ہوگا۔۔۔۔۔۔۔ تب کوئی قانون بھی کارگر ہوگا۔

ہندوستان میں قانون بنتے ہیں اور توڑے بھی جاتے ہیں یا خریدے جاتے ہیں"

"آپ تقریر بہت اچھی کر لیتے ہیں لیکن جناب بس آگئی ہے چلیئے۔۔۔۔۔۔۔۔۔"

اس نے اٹھ کر میرا ہاتھ پکڑ لیا' ہم دونوں نے مسکرا کر ایک دوسرے کو دیکھا اور بس میں سوار ہو گئے۔

***

۲

پیاسی ہے زمیں، پیاسا آسماں

غروب ہوتے ہوئے سورج کی زر نگار شعاعیں جب گاؤں کے خلط ملط مکانوں کی منڈیروں کو چومتے ہوئے مغرب کی سمت جھکنے لگیں اور کچھ ہی لمحوں میں نظروں سے اوجھل ہو گئیں تو خلاف دستور یکایک فضا پر ایک دبیز اداس افسردہ سی کیفیت مسلط ہو گئی۔ اس وقت کارو مانجھی گاؤں کی اکلوتی چائے کی دکان سے اُٹھا اور گھر کی طرف آہستہ آہستہ قدم بڑھانے لگا۔ پیپل کے بوڑھے موٹے لمبے لمبے ریشوں والے پیڑ سے لاتعداد چڑیوں کی چہچہاہٹ سناٹے کو مزید بھیانک کر دیا تھا۔ کارو مانجھی چلتے چلتے سوچ رہا تھا۔۔۔ "آج فضا میں اتنی اداسی کیوں ہے اس سے پہلے تو اتنی اداسی نہیں دیکھی"

شام کی سرمئی دھندلکے میں کارو مانجھی اپنے گھر کے بند دروازے کو کھولا۔ گھر میں قدم رکھنے سے پہلے پلٹ کر باہر کی طرف دیکھا۔ باہر اُسی طرح اداسی پھیلی تھی۔ وہاں کوئی موجود نہ تھا۔ پھر ہولے سے دروازہ بند کیا اور صحن میں آگیا۔ جیب سے ماچس نکال کر جلائی اور لالٹین کو روشن کر دیا۔ لالٹین کی مدھم روشنی صحن میں اس طرح پھیل گئی جیسی بھوکے آدمی کے پیٹ میں روٹی کے چند نوالے چلے گئے

ہوں۔ کارو مانجھی نے لالٹین کے لو ذرا دھیمی کر کے صحن میں ٹانگ دیا اور خود ہی بدبدایا۔۔۔

"تیس روپئے لیٹر کراسن تیل بلیک میں خریدنا پڑ رہا ہے۔ دو دن میں ایک لیٹر تیل ختم ہو جاتا ہے۔ غریب آدمی کی زندگی کی طرح اسکے گھر میں بھی اندھکار ہی اندھکار گھستا جا رہا ہے۔ سولہ روپئے کیلو سبزی۔ چاول اور گیہوں کا دام بھی آسمان چھو رہا ہے۔ کس کس چیز کے لئے لڑائی لڑی جائے۔ ہر قدم پر ایک لڑائی۔ خاموش رہو تو کیڑے مکوڑے کی طرح مر جاؤ۔"

کارو مانجھی نے چٹائی بچھائی۔ مٹکے سے ایک لوٹا پانی نکالا۔ کڑھائی سے تھوڑی سبزی اور دو تین روٹیاں ایک پلیٹ میں نکال کر کھانے کے لئے بیٹھ گیا۔ وہ دن بھر میں ایک ہی بار کھانا بناتا تھا اگر دو پہر میں بنالیا تو وہی رات میں بھی کھالیا اور اگر رات میں پکایا تو دوپہر میں کھالیا۔ گھر میں تھا ہی کون۔ تن تنہا کارو مانجھی۔ پتنی تھی جو دو سال قبل ایک موذی مرض میں گرفتار ہوئی اور بالآخر موت کے منہ میں چلی گئی۔ کارو مانجھی کے پاس اتنا روپیہ نہیں تھا کہ بہتر ڈھنگ سے اسکا علاج کراپاتا سرکاری اسپتال سے جو دوائیاں مفت میں ملتیں اُسی پر اکتفا کرنا پڑا لیکن وہ دوائیں اسکی پتنی بدھنی کے لئے ناکافی تھیں۔ کارو مانجھی کی جب شادی ہوئی تھی دوسرے سال ہی بدھنی نے ایک مریل سے بچّہ کو جنم دیا تھا۔ جو ایک ہفتہ کے بعد ہی مر گیا۔ دو سال کے بعد ایک بچّی کو پیدا کیا جو ایک سال کے اندر ہی مر گئی۔ پھر اسکی کوکھ نے کسی گربھ کو سویکار نہ کیا۔

کارو مانجھی اور بدھنی محنت مزدوری کر کے اپنا پیٹ پالتے رہے لیکن ایک دن

کھیت مالک نے اسکی پندرہ دن کی مزدوری دینے سے انکار کر دیا تھا۔ تب کارو مانجھی کو بہت غصّہ آیا تھا اور اس نے مالک کو ایک زوردار طمانچہ یوں رسید کیا تھا کہ پاس کھڑے لوگوں کے ہاتھ آپ ہی آپ گالوں کو سہلانے لگے تھے۔ لوگ دنگ رہ گئے تھے کہ یہ کیا ہو گیا لوگ انجام سے باخبر تھے اور وہی ہوا۔ اسے پولس کے حوالے کر دیا گیا تھا۔ لیکن پارٹی والوں نے دوڑ دھوپ کر کے اُسے چھڑا لیا تھا۔ اس دن سے وہ پارٹی کا وفادار ممبر بن گیا تھا۔

جاڑے کی سرد رات۔ رات ہوتے ہی سردی بڑھنے لگی تھی۔ کارو مانجھی ابھی بستر پر دراز ہی ہوا تھا کہ اس نے دروازے پر دستک سنی۔ وہ چونک پڑا۔ اتنی رات گئے کون ہو سکتا ہے۔ اس نے کہا ۱۵۰۔ "کون ہے؟"

"میں ہوں ساتھی۔۔۔" کوئی نسوانی آواز کارو مانجھی کی سماعت سے ٹکرائی۔ وہ بجلی کی تیزی سے اُٹھا اور ایک جھٹکے سے دروازہ کھول دیا۔ سامنے کامریڈ V کھڑی تھی۔ وہ فوجی لباس میں تھی۔ ہاتھ میں بندوق۔ کمر میں گولی کی پٹی اور کندھے پر ایک تھیلہ۔ وہ بغیر کچھ کہے اندر آ گئی۔ کارو مانجھی نے جلدی سے دروازہ بند کر دیا۔۔۔

"کامریڈ آپ اس وقت۔ کہاں سے آ رہی ہیں۔۔۔؟" کارو مانجھی کو توقع نہ تھی کہ کامریڈ IV اسکے گھر بھی آ سکتی ہے۔ اس نے اسے ایک دو بار پارٹی کی میٹنگ میں دیکھا تھا۔ ایک بار وہ گاؤں میں بھی آئی تھی لیکن اسکے گھر پہلی بار آئی تھی۔

"ساتھی کچھ کھانے کے لئے ہے تو دے دیجئے نہیں تو ایک لوٹا پانی ہی پلا دیجئے۔۔۔" کامریڈ V نے گھر کا معائنہ کیا۔

"کامریڈ دوپہر کا کھانا ہے میں نے کچھ دیر قبل ہی کھایا ہے۔ چار پانچ روٹیاں اور سبزی بچی ہے۔ اگر آپ کہیں تو لائیں۔"

"بے جھجک لایئے۔ کرانتی کی اس لڑائی میں جو کھانے کو مل جائے غنیمت ہے۔"

کارومانجھی المونیم کے ایک پلیٹ میں سبزی اور روٹی پروس کر لے آیا۔ ایک لوٹا پانی بھی لاکر رکھ دیا۔ وہ کھانے میں مشغول ہوگئی۔ کارومانجھی چٹائی پر بیٹھ گیا۔

"ساتھی آپ کھاٹ پر بیٹھئے نیچے کیوں بیٹھ گئے۔"

"نہیں کامریڈ میں یہاں ٹھیک ہوں۔ آپ کھانا کھایئے۔"

"یہ ٹھیک نہیں غلط ہے۔ میں بھی چٹائی پر ہی بیٹھ جاتی ہوں۔۔۔" کامریڈ V کھاٹ سے اُٹھ کر چٹائی پر بیٹھ گئی اور کھانا کھانے لگی۔

کھانے سے فارغ ہو کر جب کامریڈ V ہاتھ دھو کر پھر سے چٹائی پر آکر بیٹھ گئی تو کارومانجھی نے پلیٹ اور لوٹا کو سمیٹتے ہوئے کہا۔۔۔

"کامریڈ آپ تھوڑی دیر آرام کرلیں۔ میں جاگتا ہوں۔"

"نہیں ساتھی مجھے یہاں بس چار گھنٹے رکنا ہے۔۔۔" اس نے اپنی کلائی پر بندھی گھڑی کو دیکھتے ہوئے کہا۔۔۔

"ایسا کیسے ہو سکتا ہے کامریڈ آپ جاگتی رہیں اور میں سو جاؤں۔ میں بھی آپ کے ساتھ جاگتا رہوں گا۔"

کچھ دیر خاموشی پھیلی رہی کارومانجھی کامریڈ V کے بارے میں سوچ رہا تھا۔ اسے اسکا وہ بھاشن یاد آگیا جو اس نے پارٹی کی ایک میٹنگ میں دی تھی۔۔۔

"ساتھیو! آپ کو پتہ ہے ہمیں کرانتی کے ذریعہ مچی تباہی کے لئے قصور وار ٹھہرایا جاتا ہے اور یہ الزام لگانے والے کون ہیں۔ برژوا ورگ کے لوگ۔ وہ یہ بھول جاتے ہیں کہ جب وہ کسی پر ظلم کرتے ہیں تو ان کا انصاف کہاں چلا جاتا ہے۔ آج جب مزدور، کسان اور غریب اس برژوا ورگ کے خلاف کرانتی کی مشعل روشن کر رہا ہے تو یہ آتنک ہو گیا۔ ہمیں یہ مان لینا چاہئے کہ شوسکوں کو کچلے بغیر کوئی کرانتی کامیاب نہیں ہو سکتی۔ جب ہم مزدوروں اور محنت کش کسانوں نے کرانتی کا جھنڈا اُٹھالیا ہے تو اس بات کا پختہ ارادہ کرنا ہو گا کہ شوسکوں کے پرتی رودھ کو کچل دینا ہمارا کرتبیہ بن گیا ہے۔ ہم جانتے ہیں کہ سماج وادی کرانتی کا برژوا ورگ کے ذریعہ پرتی رودھ پورے ملک میں ہو رہا ہے اور یہ بھی سچ ہے کہ اس کرانتی کے بڑھنے کے ساتھ پرتی رودھ بھی بڑھتا جائے گا۔ سروہارا اس پرتی رودھ کو کچل دے گا۔ پرتی رودھ کاری برژوا ورگ کے خلاف اس سنگھرش کے دوران ہمارے کرانتی کاری ساتھیوں کے حوصلے اور بھی بلند ہوں گے اور ہم محنت کشوں، مزدوروں اور کسانوں کی سرکار بنانے کی دشا میں آگے بڑھیں گے۔"

دن چڑھے جب کارو مانجھی کی آنکھ کھلی تو وہ بے حد تھکن محسوس کر رہا تھا۔ اس کی آنکھیں جل رہی تھیں اور پاؤں یوں محسوس ہو رہے تھے گویا من من بھر کے ہو گئے ہیں۔ وہ جیسے تیسے منہ ہاتھ دھو کر چائے خانہ میں آگیا۔ پاؤں سمیٹ کر ایک ٹوٹی ہوئی بینچ کے ایک کنارے پر بیٹھتے ہوئے ایک پیالی چائے کی فرمائش کر دی۔ وہاں گاؤں کے کئی لوگ اور بھی چائے پینے میں مصروف تھے۔ بنسی ماسٹر کا بیٹا راکیش نے اپنی موٹر سائیکل چائے خانہ کے باہر اسٹینڈ کی اور دندناتا ہوا اندر آگیا۔

اس نے اپنے دوست موہن کو وہاں بیٹھا دیکھ کر ہی بائیک روکی تھی۔۔۔

"کیا بات ہے راکیش بہت گھبرائے ہوئے ہو۔۔۔" موہن نے چائے کا گلاس اُٹھاتے ہوئے پوچھا جو اسکی طرف ہی بڑھ رہا تھا۔ راکیش اسکے سامنے والی بینچ پر بیٹھ گیا۔"

"تم کو پتہ ہے۔ رات شہر میں کیا ہوا؟"

"نہیں۔۔۔ میں تو ادھر کئی دنوں سے شہر گیا بھی نہیں ہوں۔۔۔" اس نے راکیش کے لئے بھی ایک چائے کا آرڈر دے دیا۔

"کل رات نکسلیوں نے شہر پر ہلّا بول دیا۔ وہ جیل توڑ کر اپنے کئی ساتھیو کو چھڑا کر لے گئے۔"

کارو مانجھی کے ساتھ ساتھ وہاں بیٹھے تمام لوگوں نے تجسس بھری نگاہوں سے راکیش کو دیکھا۔

"بھئی یہ تو انرتھ ہو گیا۔ ہم کو لگتا ہے کل کو ودھان سبھا پر بھی نکسلی قبضہ کر لیں گے۔۔۔" بنواری چاچا نے تشویش ظاہر کی۔

"اب تو کچھ بھی ہو سکتا ہے چاچا۔ نکسلیوں کے حوصلے اتنے بلند ہیں کہ کچھ بھی کر سکتے ہیں۔۔۔" راکیش نے بھی چِنتا جتائی۔

"لیکن سرکار ان پر لگام کیوں نہیں کستی۔ پنجاب اور کشمیر سے آتنک واد جب ختم ہو سکتا ہے تو بہار سے کیوں نہیں۔۔۔" موتی لال بھی بولنے سے نہیں چُکے۔

"یہاں بہت مشکل ہے چاچا۔ کیوں کہ دن میں کھیت مزدوری کرنے والا رات میں فوجی لباس پہن کر نکسلی بن جاتا ہے۔ پولس اسکی پہچان کیسے کرے گی۔ معاف

کیجئے گا' ممکن ہے یہاں پر جتنے لوگ بیٹھے ہیں ان میں سے ہی کوئی نکسلی ہو ہم ، آپ۔۔۔ یہ۔۔۔ وہ۔۔۔ آپ ہی بتایئے کیا اسکی کوئی پہچان ہے۔۔۔" موہن نے سب کی طرف نگاہ اُٹھا کر دیکھا۔

"یہ بات تو ٹھیک ہے پھر بھی سرکار کو کوئی نہ کوئی اُچت قدم اُٹھانا چاہئے۔۔۔" راکیش بنواری چاچا کی طرف دیکھ کر بولا۔

"دیکھئے اب سرکار کون سا قدم اُٹھاتی ہے۔ بنواری چاچا بولے۔

"اب اس راجیہ کا بھگوان ہی مالک ہے۔۔۔" موتی لال اُٹھتے ہوئے بولا۔ اس کے ساتھ کارو مانجھی بھی کھڑا ہو گیا۔ راکیش مزید جانکاری گاؤں والوں کو دیتا رہا۔

چائے خانہ سے نکل کر کارو مانجھی گھر کی طرف بڑھا تو اسکے ذہن میں شہر کا وہ واقعہ نقش ہو گیا تھا۔ وہ اپنے تصور میں پورا واقعہ لمحہ لمحہ بن رہا تھا۔

وقت بوند بوند کر گزرتا ہے۔ آفتاب کہیں ڈوب گیا ہے۔ دھندلکا پھیل رہا ہے۔ آس پاس کی چیزیں رفتہ رفتہ آنکھوں سے اوجھل ہونا شروع ہو گئی ہیں۔ کارو مانجھی کا کمرہ اندھیرے میں ڈوبا ہوا ہے۔ اس کا ذہن بار بار کامریڈ V کی طرف چلا جاتا ہے۔ آج ایسی عورتیں کتنی ہیں جو کرانتی کی مشعل لے کر آگے آگے چلیں۔ کسی مہم کی کمانڈنگ کریں اور غریبوں ، کسانوں کے حق کے لئے لڑیں" ۱۵۰۱۵۰ پارٹی کے تیئں اسکا حوصلہ اور بلند ہو گیا۔

ابھی سورج نمودار بھی نہیں ہوا تھا کہ کسی نے دروازے پر دستک دی۔ کارو مانجھی اُٹھا اور دروازہ کھول دیا۔ سامنے پولس کھڑی تھی۔ کارو مانجھی کو دیکھتے ہی پولس نے بندوق تان دی اور دوسرے پولس والوں نے لپک کر اسے اپنی گرفت

میں لے لیا اور ہتھکڑی پہنا دی۔

"بھئی مجھے گرفتار کیوں کر رہے ہو۔ میرا قصور کیا ہے"

"تھانے چل سالے سب پتہ چل جائے گا۔۔۔" انسپکٹر نے چلّا کر کہا۔

گاؤں والے حیران تھے کہ کارو مانجھی کو پولس کیوں لے گئی، لیکن گاؤں میں موجود پارٹی کے ممبروں نے کارو مانجھی کی گرفتاری کی خبر پارٹی کے عہدیداروں تک پہنچادی تھی۔

تھانے لاکر پولس نے کارو مانجھی کو بے تحاشہ مارنا شروع کیا۔

"بتا شہر میں جو نکسلی حملہ ہوا تھا اس میں کون کون لوگ تھے اسکو کمان کون کر رہا تھا۔"

لیکن کارو مانجھی کو خود پتہ نہ تھا کہ شہر پر جو حملہ ہوا تھا اس میں کون کون لوگ تھے۔ وہ بار بار انکار کرتا رہا اور پولس پیٹتی رہی۔

جب پولس مار کر تھک گئی تو انسپکٹر نے کہا۔۔۔

"کل اسے عدالت میں حاضر کرو اور جیل بھیج دو۔"

کارو مانجھی درد کی ٹیس کے باوجود مسکرایا اور بولا۔۔۔

"کون سا جیل انسپکٹر، پھر کوئی جیل بریک آپریشن ہوگا اور مجھ جیسے بے قصور رہا کرالئے جائیں گے تو آپ کیا کیجئے گا۔"

انسپکٹر نے غصے میں بڑھ کر اسے ایک لات ماری اور باہر نکل گیا۔

***

۳

شکستگی

رات آدھی گزر چکی تھی۔

شہر کی رونق میں کمی آگئی تھی۔

گھروں اور سڑکوں کے بلب تھکے تھکے لگ رہے تھے جیسے جلتے جلتے اب اس میں جلنے کی سکت نہیں رہی تھی لیکن شالنی تھکے ہونے کے باوجود بستر پر کروٹیں بدل رہی تھی۔ کئی دنوں سے اس کی آنکھوں سے نیند ہجرت کر گئی تھی بلکہ اس دن سے جس دن محفوظ خاں کو مشتعل بھیڑ نے مار مار کر قتل کر دیا تھا۔ اس کے دونوں بیٹے نظیر اور ظفیر کو بھی اتنا مارا تھا کہ وہ لہولہان ہو گئے تھے لیکن وہ کسی طرح اپنی جان بچانے میں کامیاب ہو گئے تھے۔ شالنی کی بے چینی میں روز بروز اس لئے اضافہ ہوتا جارہا تھا کیونکہ محفوظ خاں کے قتل میں اس کا شوہر گنیش بھارتی بھی ملوث تھا۔ اُس دن گنیش بھارتی کھانا کھا کر اٹھا ہی تھا کہ اس کے موبائل پر کسی نے خبر دی کہ کچھ مسلمان گائے کو کاٹنے کے لئے لے جارہے ہیں' بس پھر کیا تھا گنیش بھارتی نے اپنے چند ساتھیوں کو فون کرکے اس کی اطلاع دی اور فوراً باہر نکل گیا۔ پھر جو کچھ ہوا شالنی نے ٹی۔وی۔ پر دیکھا تو سکتے میں آگئی۔ جب گنیش بھارتی گھر لوٹا تو بے حد

خوش تھا جیسے کوئی جنگ جیت کر آیا ہو۔ شالنی نے کہا تھا۔۔۔۔۔۔

"یہ آپ لوگوں نے اچھا نہیں کیا۔ اگر وہ لوگ گائے لے جارہے تھے تو پولس کو خبر کرنی تھی۔ پولس گرفتار کرتی۔ انہیں سزا دیتی لیکن سرراہ کسی کو اس طرح مارنا نہ مذہب اجازت دیتا ہے نہ انسانیت۔۔۔۔۔۔"

"خبردار۔۔۔۔۔۔اس معاملے میں کچھ بھی بولا۔ گائے ہماری ماتا ہے اور کوئی اس کا ودھ کرے گا تو ہم اس کا بھی ودھ کر دیں گے۔"

شالنی خاموش ہوگئی۔ وہ مزید بحث کرنا نہیں چاہتی تھی۔ کیونکہ گنیش بھارتی ابھی تک غصے میں تھا۔ شالنی فوراً وہاں سے ہٹ کر اپنے کمرے میں آگئی۔

اس حادثے کے بعد گنیش بھارتی اکثر گھر سے غائب رہتا۔ کیونکہ چینلس نے جو فوٹیج دیکھایا تھا۔ گنیش بھارتی اس میں پیش پیش تھا۔ اسے پتہ تھا کہ ریاست میں اس کی پارٹی کی سرکار ہے اور اس کی پہنچ منتری تک ہے۔ اس لئے اسے کچھ نہیں ہوگا لیکن اس کے اندر کہیں نہ کہیں یہ ڈر ضرور تھا کہ کوئی دوسرا ابھی تو اس پر حملہ کر سکتا ہے۔

شالنی اس دن سے بے چین رہنے لگی تھی۔ دن بھر گھر کے کام میں مصروف رہتی لیکن جب رات کو بستر پر جاتی چینل والے مناظر اس کی آنکھوں کے سامنے رقص کرنے لگتے اور وہ پریشان ہو اٹھتی۔ اس کی آنکھوں سے نیند غائب ہو جاتی۔

ابھی وہ ان ہی مناظر سے دوچار تھی کہ اسے لگا دروازے پر کوئی دستک دے رہا ہے۔ وہ ڈر گئی۔۔۔۔۔۔ کون ہو سکتا ہے۔۔۔۔۔۔ کہیں پولس تو نہیں یا کوئی آتنک وادی۔۔۔۔۔۔وہ خوف سے لرز گئی۔

"کون ہے؟"------شالنی نے ڈرتے ہوئے پوچھا لیکن کوئی جواب نہیں آیا۔ اس نے کچھ دیر انتظار کیا پھر بستر پر دراز ہوگئی۔ تھوڑی دیر کے بعد ایک آواز ابھری------

"میرے بچے کئی دن سے بھوکے ہیں------ہماری گائے واپس کر دو بابو------ہماری گائے واپس کر دو------"

شالنی ڈر گئی------یہ کس کی آواز ہے------کہیں محفوظ خاں کی آتما تو نہیں بھٹک رہی ہے------وہ اسی طرح بستر پر سہمی بیٹھی رہی لیکن آواز دوبارہ نہیں آئی۔ اس نے سوچا کیا واقعی محفوظ خاں کی آتما بھٹک رہی ہے یا میرا وہم ہے------ وہ تذبذب میں تھی۔ گھر میں کوئی اور نہیں تھا جس کو وہ یہ سب بتا سکے۔ اس کے گھر کے بغل میں ہی اس کا ایک گؤشالہ تھا جہاں گائیوں کی دیکھ ریکھ کرنے والے کئی مزدور رہتے تھے۔ شالنی اٹھ کر گؤشالہ کی طرف چلی گئی۔ اس نے دیکھا دونوں مزدور سو رہے ہیں۔ اس نے آواز دے کر انہیں جگایا۔

"جگا ذرا باہر جا کر دیکھو۔ مجھے لگا کوئی آواز دے رہا ہے۔"------ جگا اور سوہن دروازہ کھول کر باہر آ گئے لیکن وہاں کوئی نہ تھا۔

"مالکن یہاں تو کوئی نہیں ہے۔"------جگا بولا۔

"ہو سکتا ہے میرا وہم ہو------ٹھیک ہے جاؤ سو جاؤ------"

جگا اور سوہن سونے کے لئے چلے گئے لیکن شالنی پوری رات جاگتی رہی اور وہی آواز بازگشت کرتی رہی۔

"کئی دن سے میرے بچے بھوکے ہیں۔ ہماری گائے واپس کر دو بابو۔"

اس دو جملے نے شالنی کو اندر تک جھنجوڑ دیا تھا۔ وہ محفوظ خاں کے اہل خانہ کو دیکھنا چاہتی تھی کہ کس حال میں ہے۔ کیا واقعی اس کے بچے بھوکے ہیں۔ کیونکہ میڈیا بار بار بتا رہا تھا کہ محفوظ خاں گائے کا دودھ بیچ کر ہی اپنے خاندان کی پرورش کر رہا تھا اور اسی لئے میلے سے گائے خرید کر لے جا رہا تھا لیکن اس حادثے نے اس کے پریوار کا پورا شیرازہ ہی بکھیر دیا تھا۔

جب شالنی کی بے چینی میں کسی طرح کی کمی نہ ہوئی تو ایک دن اپنے جسم پر ایک چادر ڈال کر اور چہرے پر اسکارف باندھ کر گھر سے نکل گئی اور محفوظ خاں کے گاؤں پہنچ گئی۔ گاؤں کا معمولی گھر تھا۔ کئی بچے گھر کے باہر کھیل رہے تھے۔ شالنی کو دیکھ کر بچے ٹھٹھک گئے۔ شالنی نے دروازے پر دستک دی۔ دو عورتیں ایک ساتھ باہر آئیں۔

"کہئے کس سے ملنا ہے؟"۔۔ محفوظ خاں کی بڑی بہو صابرہ نے پوچھا۔

"آپ ہی لوگوں سے ملنے آئی ہوں۔"۔۔ شالنی نے دھیمے لہجے میں کہا۔

"لیکن میں نے آپ کو پہچانا نہیں!"۔۔ صابرہ، شالنی کو پہچاننے کی کوشش کر رہی تھی۔

"میرا نام سلطانہ ہے' میں پاس کے گاؤں میں رہتی ہوں۔ آپ لوگوں کے بارے میں جو خبر سنی تو رہا نہ گیا' ملنے چلی آئی۔"

صابرہ کو لگا کہ کوئی ہمدرد عورت اس سے ملنے آئی ہے تو وہ پھٹ پڑی۔

"کیا کہوں بہن' ہم لوگوں کا تو سب کچھ لٹ گیا' ہمارے سسر ہی ہمارے گھر کی پوری ذمہ داری نبھا رہے تھے۔ ہمارے شوہر تو صرف ان کی مدد کرتے تھے۔

بڑے سکون سے زندگی گزر رہی تھی لیکن خدا ان لوگوں کو غارت کرے جن لوگوں نے ہمارے سسر کی جان لی اور میرے شوہر اور دیور کو زخمی کر دیا۔ جمع پونجی ان کے علاج میں چلی گئی۔ اب تو کھانے کے بھی لالے پڑ گئے ہیں۔ بچوں کا اسکول جانا بند ہو گیا ہے۔ کوئی ہمدرد آتا ہے' کچھ روپیوں سے مدد کر جاتا ہے تو بچوں کی بھوک مٹتی ہے۔ اللہ کبھی ان ظالموں کو معاف نہیں کرے گا جن لوگوں نے ہماری زندگی میں زہر گھول دیا ہے۔"

"بہن تمہارے حالات سن کر واقعی میری آنکھوں میں آنسو آ گئے لیکن اللہ نے چاہا تو حالات جلد بدل جائیں گے۔ فی الحال یہ کچھ روپے رکھ لو۔ یہ ایک بہن کی طرف سے ایک بہن کی مدد ہے۔"۔۔ شالنی نے اپنے چھوٹے سے پرس سے پانچ پانچ سو کے پانچ نوٹ نکال کر صابرہ کی ہتھیلی پر رکھ دیا اور فوراً وہاں سے نکل گئی۔ بچے شالنی کو جاتے ہوئے دیکھتے رہے۔ محفوظ خاں کا بڑا پوتا اکرم ماں کے پاس آیا اور پوچھا۔۔۔۔۔

"یہ کون تھی ماں۔۔۔۔۔"

"چاچی تھیں۔۔۔۔۔"

"ماں مجھے بھوک لگی ہے' کچھ کھانے کو دونا۔۔۔۔۔"

"ہاں' چلو بیٹا چولہا گرم کرتی ہوں۔ اس ہمدرد بہن نے اتنے روپے دیئے ہیں کہ کچھ دنوں تک چولہا گرم ہو سکتا ہے۔"۔۔۔۔۔ یہ کہہ کر صابرہ اندر گئی اور تھیلا لے کر کھانے کا سامان لینے دکاندار کے پاس چلی گئی۔

شالنی گھر پہنچ کر خوب روئی۔ گھر کے حالات دیکھ کر اس کے آنسو تھمنے کا نام

نہیں لے رہے تھے۔ جب خوب رو چکی تو اٹھ کر کچن میں چلی گئی اور کھانے کا انتظام کرنے لگی۔

شالنی نے کچھ روپے دے کر محفوظ خاں کے اہل خانہ کی فوری مدد تو کر دی تھی لیکن اتنے روپے کتنے دن کام آئیں گے پھر بھوک اس کے دروازے پر دستک دے گی اور بچے بھوک سے بلکتے نظر آئیں گے۔ شالنی چاہتی تھی کہ وہ کوئی مستقل حل نکالے تا کہ ان کے گھر میں دو وقت کا چولہا تو جل سکے۔ وہ سوچتے سوچتے تھک گئی لیکن کوئی حل نظر نہیں آ رہا تھا۔ کئی دن سوچنے کے بعد شالنی ایک نتیجے پر پہنچ گئی۔ بار بار وہ اپنے فیصلے پر غور کرتی۔۔۔۔۔ کبھی اس کا دل کہتا یہی ٹھیک رہے گا۔۔۔۔۔ کبھی اسے لگتا یہ غلط ہے۔ آخر ایک دن اس نے مستحکم ارادہ کر لیا۔ وہ اٹھی، گؤشالہ میں پہنچی اور ایک گائے کے پاس پہنچ کر جگا کو کہا۔۔۔۔۔ "اس گائے کو میرے ساتھ لے کر چلو۔"

جگا گائے کو لے کر اس کے ساتھ چل پڑا۔ شالنی محفوظ خاں کے گھر پہنچی اور صابرہ کو آواز دیا۔ دونوں بہوئیں باہر آئیں۔ شالنی نے گائے کی رسی صابرہ کے ہاتھ میں دیتے ہوئے بولی۔۔۔۔۔

"تمہارے لئے یہ گائے لائی ہوں بہن۔ آج سے یہ تمہاری ہے۔۔۔۔۔ تم لوگ اس کا دودھ بیچ کر کم از کم بچے کی بھوک تو مٹا ہی سکتی ہو۔۔۔۔۔ اچھا چلتی ہوں۔۔۔۔۔ خدا حافظ۔۔۔۔۔"

شالنی جیسے ہی پلٹی صابرہ نے کہا۔۔

"رکئے بہن"۔۔ شالنی رک گئی۔

"ہم یہ گائے نہیں لے سکتے، کل پھر کوئی اس گائے کو دیکھ کر ہمارے گھر آئے گا اور کہے گا کہ ذبح کرنے کے لئے گھر میں رکھا ہے اور میرے شوہر کا قتل کر دے گا۔ اپنے سسر کو کھو چکے ہیں۔ اپنے شوہر کو کھونا نہیں چاہتی۔۔۔۔۔۔"

یہ کہہ کر صابرہ نے گائے کی رسی شالنی کو پکڑا دی۔ شالنی نے بے بسی سے دونوں بہوؤں کو دیکھا اور گائے کی رسی جگا کے ہاتھ میں دے دی۔ جگا گائے کو لے کر آگے بڑھ گیا اور شالنی اس کے پیچھے پیچھے چلنے لگی۔ وہ اس طرح قدم بڑھا رہی تھی جیسے کوئی جنگ ہار کر آئی ہو۔

***

۴

لہو رنگ تصویر

اندھیرے کی حکومت بڑھتی جارہی ہے۔

چراغ ایک ایک کر کے بجھ رہے ہیں۔

میں آئندہ منظر کی دستک سے ڈرتی ہوں۔

پتہ نہیں آنے والا منظر کیسا ہو۔۔۔۔۔۔؟

ملک کے حالات بدلتے جارہے ہیں۔

شائستہ کی بے چینی میں روز بروز اضافہ ہوتا جارہا ہے۔ جب وہ گھر سے نکلتی ہے تو ایک انجانا سا خوف اس کے اندر سرایت کر جاتا ہے جیسے ہر نگاہ اسے گھور رہی ہو ۔۔ دیکھو وہ مسلمان لڑکی جارہی ہے۔۔ وہ ایک دم سے کانپ جاتی۔ اسے لگتا کوئی اس کا پیچھا کر رہا ہے۔ وہ مڑ کر دیکھتی مگر وہاں کوئی نظر نہیں آتا پھر کون ہے جو اسے ڈرا رہا ہے۔ کہیں اس کے اندر کا خوف تو نہیں۔۔۔۔۔۔ نہیں۔۔۔۔۔۔ ڈر ایسے ہی سرایت نہیں کرتا۔ کوئی نہ کوئی وجہ ہوتی ہے اور وجہ ہے بدلتا ہوا ماحول۔۔۔۔۔۔

عارض بھائی نے ایک دن ابو سے کہا تھا۔۔

"ابو! گاؤں کے لڑکے مجھ پر فقرے کستے ہیں۔۔۔۔۔۔ اب یہاں رہنا ٹھیک

نہیں۔ جس طرح منجھلے چچا اور چھوٹے چچا گاؤں چھوڑ کر چلے گئے' ہمیں بھی چلے جانا چاہئے۔"

"نہیں بیٹا ایسا کچھ نہیں ہے۔ ہم لوگ ستر سال سے مل کر یہاں رہ رہے ہیں۔ بٹوارے کے وقت بھی یہاں کوئی فساد نہیں ہوا۔ یہ چند لڑکے جو فقرے کستے ہیں۔ یہ نا سمجھ ہیں۔ آپ کو ان باتوں پر توجہ نہیں دینی چاہئے۔"

عارض بھائی تو ابو کی باتوں سے مطمئن ہو گئے تھے لیکن میرے اندر ایک کانٹا سا چبھ رہا تھا۔ یہ کوئی معمولی بات نہیں تھی جسے نظر انداز کر دیا جائے۔ یہی فقرے کل نعروں میں تبدیل ہو سکتے ہیں۔ چنگاری کو ہوا دینے کی ضرورت ہوتی ہے۔ وہ خود بخود شعلہ بن جاتا ہے۔

اور شائستہ کا خوف حقیقت میں بدل گیا۔

ایک پل میں سب کچھ نہیں بدلا ہے۔ ستر برسوں کا رشتہ ایک دن میں ختم نہیں ہوا ہے۔ کوئی تو ہے جو اس رشتے کی جڑ کو برسوں سے کاٹ رہا تھا۔۔۔۔۔۔ زہر کا انجکشن دے رہا تھا۔ تبھی تو رشتے کی لالیما ختم ہو رہی ہے اور زہریلا رنگ اُبھر کر سامنے آ گیا ہے۔ کتنا اپنا پن تھا اس گاؤں میں جیسے سب اپنے ہیں، بالکل سگے، کوئی بھید بھاؤ نہیں۔ راجندر چاچا' سمترا چاچی' رادھیکا۔۔۔۔۔۔ رادھیکا تو میری سگی بہن جیسی لگتی تھی۔ دیوالی میں ہم لوگ مل کر دیپک جلاتے۔ ہولی مل کر کھیلتے اور عید کے دن رادھیکا نئے کپڑے پہن کر میرے گھر آ جاتی اور ابو سے کہتی۔۔ "چاچا عیدی دیجئے۔"۔۔ اور ابو سو کا نوٹ اس کی ہتھیلی پر رکھ دیتے۔ وہ شکریہ ادا کرتی اور ہم لوگ میلہ گھومنے چلے جاتے۔

لیکن اب تو سب کچھ بدل چکا ہے۔

زمانہ۔۔۔۔۔۔زمین۔۔۔۔۔۔مکین۔۔۔۔۔۔رشتے۔۔۔۔۔۔ مسکراہٹیں۔ ۔۔۔۔۔ نگاہیں اور ارادے۔۔۔۔۔۔ اس بدلے ہوئے حالات کا نوحہ تو سبھی کر رہے ہیں لیکن حالات کو بہتر بنانے کے لئے کون سامنے آرہا ہے۔۔۔۔۔۔خوف کی ایک دبیز پرت سب کے دلوں میں جم گئی ہے۔ دھند میں ڈوبی شام زینے سے آہستہ آہستہ اتر رہی ہے۔ منظر پر خاموشی کا غلاف چڑھ گیا ہے۔ چھکتے چہرے اب مرجھا گئے ہیں۔ ہنسی کا فوارہ پھوٹنا بند ہو گیا ہے۔ میرے گھر کے ہر فرد کا چہرہ لہورنگ لئے ایک تصویر بنا ہوا ہے۔ ایسی تصویر جس کا کوئی بھی عنوان دیا جا سکتا ہے۔۔۔۔۔۔ آدری۔۔۔۔۔۔ہاں یہ نام ہی صحیح ہے۔ آخر اسی نام سے تو ہماری تصویر پہچانی جارہی ہے۔ میری آنکھوں کے سامنے ایک ایک تصویر ابھر رہی ہے۔۔۔۔۔۔ ابو محمد طارق۔۔۔۔۔۔بڑے بھائی جان محمد زرتاج۔۔۔۔۔۔ منجھلے بھائی جان محمد حامد اور چھوٹے بھائی محمد عارض۔۔۔۔۔۔ اس میں ابو کی تصویر لہورنگ لئے ہوئے ہے۔ ہاں لہورنگ اور بھائی عارض کا چہرہ لہولہو ہے۔ اس کے جسم سے اتنا لہو ٹپکا ہے کہ جسم زرد پڑ گیا ہے۔ پیلی آندھی ایسی چلی کہ سب کچھ تباہ ہو گیا۔ پیلی آندھی۔۔۔۔۔۔ نہیں نہیں۔۔۔۔۔۔اسے پیلی آندھی نہیں کہہ سکتے۔ یہ تو کیسریا آندھی تھی۔۔۔۔۔۔یہی آندھی تو ابھی ملک میں چل رہی ہے جو ملک کی سالمیت اور ایکتا کو کھوکھلا کر رہی ہے۔

اس رات تمام منظر پر دھند طاری تھی۔ ہوا سہمی سہمی سی بہہ رہی تھی۔ رات کے گیارہ بج رہے تھے کہ اچانک باہر سے چیخنے اور گالیاں دینے کی آوازیں بلند

ہونے لگیں۔ دروازہ پیٹا جانے لگا اور دیکھتے ہی دیکھتے بغل کے مکان سے ایک میٹر اونچی دیوار پھاند کر بھیڑ مکان کے اندر گھس آئی۔ گھر کا ہر فرد چیخ رہا تھا۔ سامنے کے راجندر چاچا نے اپنے گھر کا دروازہ بند کر لیا تھا بلکہ آس پاس کے سبھی دروازے بند ہو گئے تھے۔ ہم لوگ بے اماں مدد کے لئے چلا رہے تھے لیکن کوئی دروازہ کھول کر مدد کے لئے نہیں آیا تھا۔ بقر عید کے موقع پر رشتہ داروں کے یہاں سے جو بکرے کا گوشت آیا تھا فریج میں رکھا ہوا تھا۔ اسے گائے کا گوشت بتا کر فسادیوں نے فریج سے باہر نکالا اور میرے ابو اور بھائی کو پیٹنا شروع کر دیا۔ اینٹ سے عارض بھائی کو پیٹ کر لہو لہان کر دیا۔ وہ بے ہوش ہو گئے۔ اسے مرا سمجھ کر میرے ابو کو گھسیٹتے ہوئے مکان سے باہر لے گئے اور بیچ سڑک پر ڈنڈوں اور پتھروں سے کچل کر مار ڈالا۔ لوگ میری عزت لوٹنا چاہتے تھے لیکن میں اپنے آپ کو کسی طرح بچانے میں کامیاب ہو گئی۔ دادی کو اتنا مارا کہ وہ سیاہ پڑ گئیں۔ امی بھی لہو لہان ہو گئیں۔ یہ سب اتنا اچانک ہوا کہ کسی کو سوچنے کا موقع بھی نہیں ملا۔ آخر ہمارا قصور کیا ہے؟

شائستہ کی آنکھوں سے آنسو ٹپک پڑے۔ بار بار ابو کا چہرہ اس کی آنکھوں کے سامنے گھوم جاتا۔ جیسے وہ کہہ رہے ہوں بیٹا اب یہ گھر محفوظ نہیں ہے۔ کسی دن یہ فسادی تم لوگوں کو بھی مار ڈالیں گے۔۔ شائستہ بلک پڑی۔ اس گھر میں وہ پیدا ہوئی۔ کھیلی کودی' جوان ہوئی۔ یہاں کے سب لوگ تو اس کے اپنے تھے لیکن چند برسوں میں ایسا زہر بویا گیا کہ ساری فضا ہی زہر آلود ہو گئی ہے۔ اب ہماری پہچان انسان سے نہیں ہوتی۔ ہندو مسلمان سے ہوتی ہے۔ کوئی بھی مندر سے کچھ بھی اعلان کر دیتا ہے اور بھیڑ دنگائی ہو جاتی ہے۔ بھیڑ 'بھیڑیے کی شکل اختیار کر لیتی ہے اور اپنے

نوکیلے دانتوں سے جسم کا ایک ایک قطرہ خون بہا دینا چاہتی ہے۔ خون۔۔۔۔۔۔انسانیت کا خون۔۔۔۔۔۔انسانیت سسک رہی ہے اور حیوانیت قہقہے لگا رہی ہے۔۔"یہاں رہنا ہے تو میری شرط پر جینا ہو گا۔"

***

۵

شدّھی کرن

بوڑھے شجر پر صبح کی کرنیں جب پڑتیں' کرشنا چودھری کی آنکھوں میں ایک نئی چمک نمودار ہو جاتی۔ اسکی پلکوں پہ خوشی کے تارے جھلملانے لگتے۔ ایک خواب تھا جو برسوں سے اسکی آنکھیں دیکھتی آرہی تھیں۔ خواب پہلے پہل دھندلا سا نظر آتا تھا لیکن جیسے جیسے اسکا بیٹا وکاس چودھری اپنی کلاس میں پڑھائی میں سبھی بچوں کو پیچھے چھوڑتا گیا اور ہمیشہ اوّل پوزیشن کو برقرار رکھا' کرشنا چودھری کے خواب کی بنیادیں پختہ ہوتی گئیں۔ لیکن اسکا گھر۔۔؟ نہ پختہ دیواریں نہ پختہ چھت۔ صرف کچی دیواریں' جس پر بانس اور پھوس کے اوپر چھپر ڈال دیئے گئے تھے۔ اسکا آبائی پیشہ تاڑ سے تاڑی اتار کر فروخت کرنا تھا لیکن کرشنا چودھری نے یہ پیشہ ترک کر دیا تھا وہ ایک پرائمری اسکول میں ٹیچر ہو گیا تھا وہ چاہتا تھا اب اسکا بیٹا وکاس چودھری اعلیٰ تعلیم حاصل کر کے بلند مقام تک پہنچے۔

دن ڈھلتا ہے تو رات آتی ہے جو تمام چھوٹے بڑے' کھرے کھوٹے' سچے جھوٹے انسانوں پر آرام کی' سکون کی چادر تان دیتی ہے جس میں انسان کچھ پل' کچھ لمحے' کچھ گھنٹے کے لئے اپنا سب کچھ بھول جاتا ہے اور رات کی تنی ہوئی چادر میں اپنے

وجود کو اس طرح سمیٹ لیتا ہے کہ اسے پتہ بھی نہیں چلتا کہ کب صبح نمودار ہو گئی۔ صبح ہوتے ہی خلقت بیدار ہوتی ہے۔ کرشنا چودھری نے جب آنکھ کھولی تو آج کا اخبار اس کی آنکھوں کے سامنے تھا اپنے بیٹے وکاس چودھری کا رزلٹ دیکھا وہ اوّل پوزیشن سے دسویں کا امتحان پاس کیا تھا۔ اس نے اپنے بیٹے کو گلے سے لگایا۔

"بیٹے آج تم نے پہلی منزل طے کر لی ہے اگر اسی طرح آگے بڑھتے رہے تو میرا برسوں کا خواب پورا ہو جائے گا"۔۔ کرشنا چودھری کی آنکھوں میں خوشی کے آنسو لرز رہے تھے۔۔ "چل بیٹا مکھیا جی سے آشیر واد لے لے' گاؤں کے بزرگ آدمی ہیں۔"

گاؤں کا مکھیا ہریندر سنگھ آرام کرسی پر بیٹھا موبائل پر کسی سے بات کر رہا تھا۔ ایک ہواری ان کا پیر دبا رہا تھا۔ کئی لوگ ان کے ارد گرد بیٹھے تھے۔ کرشنا چودھری اور وکاس ہاتھ جوڑ کر پرنام کرنے کے بعد کھڑے ہو گئے۔ جب بات ختم ہو گئی تو ہریندر سنگھ نے دونوں کی طرف دیکھا۔۔

"کہو کرشنا چودھری کیسے ہو؟"

"بھگوان کی کرپا ہے ؟"

"تمہارا بیٹا تو اب بڑا ہو گیا ہے کہیں کام وام پر لگایا یا نہیں ؟"۔۔ ہریندر سنگھ نے وکاس کی طرف دیکھ کر کہا۔

"نہیں مکھیا جی وکاس تو ابھی پڑھے گا۔ دسویں کا امتحان فرسٹ ڈویژن سے پاس کیا ہے۔ اس لئے آپ کے پاس آشیر واد کے لئے لایا ہوں۔ آپ اسے آشیر واد دیجئے کہ پڑھ لکھ کر بڑا افسر بن سکے۔۔ "کرشنا چودھری کے چہرے پر خوشی ناچ

رہی تھی۔

ہریندر سنگھ نے حقارت بھری نگاہ دونوں باپ بیٹے پر ڈالی پھر چہرے پر مصنوعی مسکراہٹ لاتے ہوئے کہا۔

"ہاں بھئی سرکار نے تم لوگوں کو ریزرویشن دے رکھا ہے کہیں نہ کہیں تو لگ ہی جائے گا۔ جیسے ریزرویشن کا فائدہ اٹھا کر تم ٹیچر بن گئے میرا آشیرواد اسکے ساتھ ہے۔۔ ہریندر سنگھ نے دور سے ہی ہاتھ اُٹھا کر آشیرواد دیا۔ وکاس کو بہت برا لگا کہ وہ پاس بلا کر سر پر ہاتھ رکھ کر بھی آشیرواد دے سکتے تھے۔ وہ دل ہی دل میں کسمسا کر رہ گیا۔ کرشنا چودھری کو بھی برا لگا وہ وکاس کو لے کر حویلی سے باہر آگیا۔ ان کے جانے کے بعد ہریندر سنگھ نے زور سے قہقہہ لگا کر پاس بیٹھے لوگوں سے مخاطب ہوا۔

"کرشنا چودھری لاکھ ٹیچر بن جائے لیکن اُسکی آج بھی ہمت نہیں ہے کہ میرے سامنے بیٹھ سکے۔ آج بھی اُسی طرح کھڑا رہتا ہے۔ جس طرح اسکا باپ میرے پتاجی کے وقت میں کھڑا رہتا تھا۔ میں نے بھی اُسے بیٹھنے کے لئے نہیں کہا۔ نیچ ذات کا ہو کر میرے سامنے بیٹھے' میں کبھی برداشت نہیں کر سکتا وہ تو سرکار نے چھوٹ دے رکھی ہے نہیں تو حویلی کے اندر قدم رکھنے کی ہمت نہیں تھی۔ بڑا آیا بیٹا کو آفیسر بنانے والا جیسے ڈی۔ ایم۔، ایس۔پی۔ بن جائے گا ارے بہت ہو گا تو کہیں کسی دفتر میں چپراسی وغیرہ بن جائے گا۔۔۔۔۔ہاہاہا۔۔۔۔۔"

کرشنا چودھری اور وکاس کے کانوں میں ہریندر سنگھ کی باتیں اس طرح سنائی دیں جیسے کسی نے پگھلا ہوا شیشہ کانوں میں ڈال دیا ہو۔ وکاس تلملا کر رہ گیا۔ اسکے دل میں آیا کہ لوٹ کر حویلی جائے اور ہریندر سنگھ کا کالر پکڑ کر اُٹھائے اور بولے۔۔

"ہریندر سنگھ تم لوگ ہم پر ہنس رہے ہو ایک دن ایس۔پی۔بن کر دکھاؤں گا"۔۔ لیکن وہ ایسا نہ کر سکا۔ کرشنا چودھری کے اندر بھی غصے کی ایک چنگاری اُبھری مگر جلد شانت ہو گئی۔

راستے میں گزرتے ہوئے گاؤں کا اکلوتا مندر ملا۔ کرشنا چودھری نے دور سے ہی بھگوان کو جھک کر ماتھا ٹیکا۔ وکاس چاہتا تھا کہ وہ اندر جا کر بھگوان کے چرن چھوئے مگر وہ ایسا نہیں کر سکتا تھا پنڈت جو دروازے پر کھڑا تھا اس نے حقارت کی نگاہوں سے باپ بیٹے کو دیکھا۔ وکاس کو وہ دن یاد آگیا جب وہ آٹھ سال کا تھا اور اپنے ہم جماعت بچوں کے ساتھ مندر کی سیڑھیوں پر کھیل رہا تھا تو اسی پجاری کے کہنے پر نہ صرف اسے اور اسکے دوستوں کو پیٹا گیا تھا بلکہ اس بات کو لے اس کے والدین اور برادری کے کئی لوگوں کو زودوکوب کیا گیا تھا۔ دونوں باپ بیٹا چلتے چلتے ندی کنارے آگئے۔ ندی کے آس پاس کوئی نہ تھا وہ دونوں ایک پتھر پر بیٹھ گئے۔

"بیٹا ہم کتنے بدنصیب ہیں کہ مندر میں جا کر دو پھول نہیں چڑھا سکتے۔ بھگوان کے چرن نہیں چھو سکتے۔ تجھے بھگوان کا آشیرواد نہیں دلا سکتے"۔۔ آنکھوں میں ٹھہرا ہوا درد پگھلتا ہے اور نمی بن کر کنارے پر ٹھہر جاتا ہے۔

"پتا جی اب زمانہ بدل رہا ہے' تھوڑا اور انتظار کیجئے بہت جلد سب کچھ بدل جائیگا۔ سکچھا آجانے کے بعد یہ بھید بھاؤ خود بخود ختم ہو جائیگا۔"

"ہاں بیٹے مجھے بھی ایسا لگتا ہے۔ اب تجھے آگے پڑھائی کے لئے شہر جانا ہے۔ میں نے سارا انتظام کر دیا ہے۔ تو صرف میرا نہیں بلکہ پوری برادری کا نام روشن کر کے دکھائے گا۔"

"پتاجی آپ کا سپنا ضرور پورا ہو گا۔ چلئے گھر چلتے ہیں۔"

آج پندرہ اگست تھا اسکول میں جھنڈا تولن ہونا تھا۔ گاؤں کے مکھیا ابھی تک نہیں آئے تھے کافی دیر تک انتظار کے بعد بھی نہیں آئے تو وہاں موجود لوگوں نے کرشنا چودھری سے کہا۔۔

"آپ ہی جھنڈا تولن کر دیجئے۔ آپ اس اسکول کے سب سے سینئر ٹیچر ہیں۔"

"مکھیا جی کا تھوڑا اور انتظار کرنا چاہئے۔"۔۔اس نے اپنی کلائی میں بندھی گھڑی کی طرف دیکھا۔

دس تو بج گئے آٹھ بجے کا سمے دیا تھا لگتا ہے مکھیا جی کسی دوسرے کام میں ویست ہیں۔"۔۔ایک ٹیچر نے کہا۔

"ماسٹر صاحب اب مزید انتظار نہ کیجئے آپ جھنڈا تولن کیجئے۔"۔۔ گاؤں کے ایک ضعیف نے زور دے کر کہا۔

کرشنا چودھری کچھ پل رکے پھر کچھ ہچکچاہٹ کے بعد آگے بڑھے ابھی وہ رسی پکڑ کر کھینچنے ہی والے تھے کہ ہریندر سنگھ کی گرج دار آواز اسکے کانوں سے ٹکرائی۔۔

"کرشنا چودھری ٹھہر جاؤ"۔۔ وہ رک گیا۔ ہریندر سنگھ اسکے قریب آگئے اور حقارت بھری نظروں سے کرشنا چودھری کو دیکھا۔

"جھنڈا تولن کے لئے آگے بڑھنے کی تمہاری ہمت کیسے ہوئی؟"

"آپ نہیں آئے اور لوگوں نے اصرار کیا تو میں آگے بڑھ گیا۔"

"تمہاری اوقات نہیں ہے جھنڈا تولن کرنے کی آئندہ ایسی غلطی نہ کرنا۔ ہماری برادری کا ایک بچہ جھنڈا تولن کر سکتا ہے مگر تم نہیں کر سکتے"۔۔ ہریندر سنگھ کی آنکھوں میں غصّہ کی جوالا بھڑک رہی تھی۔

"کرشنا چودھری تلملا کر رہ گیا مگر خاموش رہا اُسے ایسا لگا کوئی اس پر بہت سارے پتھر برسا رہا ہے اور اسکا وجود لہولہان ہو کر زمین پر پڑا اسک رہا ہے۔

وقت ہر زخم بھر دیتا ہے لیکن جب بھی پندرہ اگست یا ۲۶ جنوری آتا کرشنا چودھری کا زخم ہرا ہو جاتا۔ لیکن وہ وقت کا انتظار کر رہا تھا کہ وقت ایسا طمانچہ مارتا ہے جس کا احساس انسان برسوں کرتا ہے اور ایسا ہی طمانچہ ہریندر سنگھ کو پڑا تھا۔ وکاس چودھری نے U۔P۔S۔C۔ کا کمپٹیشن نکال لیا تھا اور ایس۔پی۔ کی ٹریننگ لینے کے بعد اسی ریاست میں اس کی پوسٹنگ ہو گئی تھی۔ کرشنا چودھری کی خوشی کی انتہا نہ تھی۔ وہ گاؤں میں میٹھائیاں بانٹ رہا تھا مگر ہریندر سنگھ کا چہرہ مرجھا گیا تھا۔

وکاس اپنے چیمبر میں بیٹھا فائل پڑھ رہا تھا کہ اسکے پی۔اے۔ نے بتایا کہ کوئی پنڈت جی آپ سے ملنا چاہتے ہیں۔

"بھیج دو"۔۔ وکاس نے فائل پر دستخط کر کے دوسری طرف رکھا اور نظر اٹھا کر دیکھا ایک ادھیڑ عمر کا پنڈت چیمبر میں داخل ہوا۔

"آیو سمان بھوہ بالک۔۔۔۔۔"

"پنڈت جی کہئے کیا کام ہے؟"

وکاس کے چہرے پر ہلکی سی مسکراہٹ رینگ گئی' جس آشیرواد اور پرساد کے لئے برسوں ترستا رہا آج خود سے چل کر پنڈت جی اسکے چیمبر میں کھڑا تھا وہ اٹھا

پنڈت جی کے پیر چھوئے پنڈت جی نے سر پر ہاتھ رکھ دیا۔

"سدا خوش رہا۔"

وکاس جب آشیرواد لے کر کھڑا ہوا تو پنڈت جی نے اسکے ماتھے پر تلک لگایا اور تھالی سے پرساد اٹھا کر وکاس کی طرف بڑھایا وکاس نے دونوں ہاتھوں کو کٹورا بنا کر پرساد لے کر منہ میں ڈالا اور سر پر ہاتھ پھیر لیا۔ اپنے پرس سے سو سو کے پانچ نوٹ نکال کر پنڈت جی کی تھالی میں رکھ دیا۔ پنڈت جی کا چہرہ کھل اُٹھا اور مزید آشیرواد دیتے ہوئے چیمبر سے باہر نکل گئے۔ پنڈت جی کے جانے کے بعد جیسے ہی اپنی کرسی پر بیٹھا موبائل کی گھنٹی بج اُٹھی اس نے موبائل اُٹھایا اسکے پتا جی کا فون تھا۔

"ہاں پتا جی بولئے سب کُشل منگل تو ہے۔"

"بیٹا سب ٹھیک ٹھاک ہے جیسا کہ تم جانتے ہو کہ گاؤں کی پرانی مندر کو توڑ کر نئ مندر بنائی گئی جس میں تم نے کافی سہیوگ کیا ہے اب وہ مندر بن کر تیار ہو گئی ہے ۱۵ اکتوبر کو پوجا ارچنا کی جائیگی گاؤں کے لوگ چاہتے ہیں کہ مندر کا پٹ تمہارے ہاتھوں کھولا جائے تم ضرور آجانا مکھیا جی بھی یہی چاہتے ہیں۔"

"جی پتا جی ضرور آجاؤں گا آپ اطمینان رکھیں۔"

وکاس جب گاؤں پہنچا تو گاؤں کے لوگوں نے بڑے پُرتپاک انداز سے اس کا سواگت کیا۔ اس نے مندر کا ادگھاٹن کیا۔ پوجا ارچنا کی۔ مکھیا ہریندر سنگھ زبردستی اسے اپنے گھر لے گئے۔ کرسی پر بٹھا کر اپنے بیٹے سریندر کو بلایا۔

"وکاس بیٹے یہ میرا بیٹا سریندر سنگھ ہے۔ ٹھیکیداری کا کام شروع کیا ہے۔ دس لاکھ کا ایک ٹھیکے کا ٹنڈر بھرا ہے جو ڈی۔ ایم۔ صاحب کے ہاتھ میں ہے اگر تم پیروی

کر دو تو ٹنڈر اسے مل جائیگا آخر تم پر ہمارا بھی تو کوئی حق ہے۔

"کیوں نہیں۔ سریندر تم سارا ڈیٹیل لے کر میرے آفس آجانا میں ڈی۔ ایم۔ صاحب سے بات کروں گا۔"

"بیٹے بڑا احسان ہو گا میں ابھی سے تمہارا شکریہ ادا کرتا ہوں"۔۔ ہریندر سنگھ ہاتھ جوڑ دیتے ہیں۔

"آپ ہاتھ نہ جوڑیئے میرے پتا سمان ہیں میں یہ کام ضرور کر دوں گا۔"

"لو بیٹے چائے تو پیو۔ یہ بسکٹ لونا شہر سے آج ہی تمہارے لئے منگویا ہے"۔۔ ہریندر سنگھ ناشتے کی طرف اشارہ کرتا ہے۔ وکاس ایک بسکٹ اٹھا کر منہ میں ڈالتا ہے اور چائے کی پیالی اُٹھالیتا ہے۔ چائے پینے کے بعد رخصت ہوتا ہے۔

"اچھا انکل اب چلتا ہوں۔"

"آج تو گاؤں میں رہو گے نا؟"

"نہیں انکل وہاں بہت کام ہے۔ بس ماں پتاجی سے ملتا ہوا چلا جاؤں گا۔"

وکاس کی جیپ جب تیزی سے آگے بڑھ گئی تو ہریندر سنگھ نے حقارت بھری نظروں سے جاتے ہوئے وکاس کو دیکھا۔

"ایک ہریجن سے کام لینے کے لئے گھر پر بلانا پڑا اور اپنے سامنے بٹھانا پڑا۔۔۔۔ ہریا۔۔۔۔ ارے ہریا۔۔۔۔"

"جی مالک۔"

"یہ کپ اور ناشتہ کا سارا پلیٹ باہر جا کر پھینک دے اور اس کرسی کو صابن سے بڑھیا سے دھو کر لے آ۔"

"جی مالک ابھی دھوتا ہوں۔"۔۔ ہریا ناشتہ کا پلیٹ اور کپ سمیٹ کر باہر پھینک دیتا ہے اور کرسی کو دھونے کے لئے باغ کی دوسری طرف چلا جاتا ہے۔

وکاس کی جیپ اب گاؤں سے باہر نکل رہی تھی اس نے مندر کے کلش کو دیکھا جو دور سے چمک رہا تھا وہ دل ہی دل میں خوش تھا کہ آج اس نے مندر کا اُدگھاٹن کیا مندر کے اندر پوجا ارچنا کی لیکن اسے کیا پتہ کہ اس کے جانے کے بعد مندر کی دُھلائی شروع ہو گئی تھی۔ گاؤں کا ایک آدمی جو پنڈت جی کے ساتھ مندر کی دھلائی کر رہا تھا پوچھا۔

"پنڈت جی یہ مندر کی دُھلائی کیوں کر رہے ہیں ابھی تو پوجا ہوئی ہے۔"

"تم نہیں سمجھو گے مندر کا شدّھی کرن کر رہا ہوں۔"

***

۶

ڈوبتا ابھرتا ساحل

موسم گرما کی سخت دھوپ میں آگ اگلتے راستوں سے کچھ پرے، سگنی داتون بیچتی رہتی۔ منہ اندھیرے وہ بستر سے اٹھ کر ہتھیلیوں سے آنکھوں کو ملتی گھر سے نکل جاتی۔ وہ چند روپیوں کے لیے سورج میں اپنے جسم و جاں کو جلاتی رہتی اور جب اُسے یقین ہو جاتا کہ اب وہاں کوئی اُس کے داتون کو خریدنے والا نہیں ہے تب وہاں سے داتون والے کے پاس پہنچتی۔ اُس کے پیسے ادا کرتی اور باقی بچے ہوئے پیسے لے کر گھر کی طرف چل پڑتی۔

لمبی لمبی تار کول کی سڑکوں پر شور کے کانٹے اُگ رہے ہوتے مگر سگنی کے گھر وہ شور شرابہ اور ہنگامہ کہاں؟۔ چار لوگوں پر مشتمل اس کا چھوٹا سا پریوار ہے۔ ماں، بابو جی، وہ اور تین سال کا چھوٹا بھائی۔ ماں بابو جی کوڑے اٹھانے کا کام کرتے تھے۔ صبح ہوتے ہی ٹھیلہ لے کر دونوں نکل پڑتے۔ ماں گھر گھر جا کر کوڑے مانگتی اور بابو جی کوڑے کو ٹھیلہ میں جمع کرتے، جب ٹھیلہ کوڑے سے بھر جاتا۔ اُسے کسی ویرانے میں پھینک آتے۔'

حسب معمول سگنی روز داتون بیچتی لیکن بس اسٹاپ پر اس کی عمر کے دوسرے

بچے بھی داتون بیچا کرتے تھے۔ اس لیے اس کی آمدنی اتنی نہیں ہوتی جتنی ہونی چاہیے تھی۔ اس لیے وہ کبھی اسٹیشن کی طرف بھی نکل جاتی۔ اسٹیشن پر اس کی اچھی آمدنی ضرور ہو جاتی لیکن وہاں اُسے پولس کا خوف دامن گیر رہتا۔ وہ داتون بیچنے کے پیسے مانگتا ورنہ ڈنڈے مار کر بھگا دیتا۔ سگنی چھپ چھپا کر داتون بیچتی رہتی اور جیسے ہی پولس پر نظر پڑتی وہ بھاگ کھڑی ہوتی۔'

سگنی دھیرے دھیرے روز اسٹیشن جانے لگی اور گھنٹے دو گھنٹے داتون بیچ کر بھاگ آتی کیونکہ اسٹیشن پر نگرانی کرنے والا سپاہی شاید دیر سے آتا تھا۔ جب تک سگنی دس بیس روپے کے داتون بیچ چکی ہوتی لیکن وہ اس سے بے خبر تھی کہ اسٹیشن کا سپاہی کسی خاص مقام سے بیٹھے بیٹھے اسے دیکھتا رہتا تھا۔ باآخر ایک دن اس ادھیڑ عمر سپاہی نے اسے آدبوچا۔ سگنی معافی مانگتی رہی، ہاتھ پیر جوڑتی رہی، چھوٹ کر بھاگ جانا چاہی مگر سپاہی کی گرفت مضبوط تھی۔ اس نے سگنی کی کلائی مضبوطی سے پکڑ رکھا تھا اور گالیاں بک رہا تھا۔ پھر وہ اسے لگ بھگ گھسیٹتا ہوا پلیٹ فارم سے دور ایک بہ نسبت سنسان علاقے میں لے گیا۔ اُدھر ایک بوسیدہ ریل کا ڈبہ پٹری کے کنارے لگا تھا۔ وہ سگنی کو لے کر اس ڈبے میں چلا گیا۔ سگنی کی آنکھوں میں اندھکار اور خوف کے سائے پھیل گئے۔ سپاہی نے بوسیدہ ڈبے کا بوسیدہ دروازہ بند کر دیا۔ سگنی خوف سے کانپ رہی تھی۔ سپاہی آگے بڑھ کر اس کے جسم کو ٹٹولنے لگا۔ سگنی کسمسائی مگر سپاہی کی ڈانٹ نے اس کی آواز کا گلا دبا دیا۔'

"چپ رہ سالی۔ نہیں تو ابھی اندر کر دوں گا۔"

سگنی کی زبان بند تھی مگر اس کی آنکھوں کے آنسو بول رہے تھے۔ اُن

آنسوؤں میں اس کا اپنا کرب چیخ رہا تھا۔ اس کی عمر ہی کیا تھی۔ یہی کوئی دس سال۔ سپاہی بھی زیادہ دیر وہاں نہیں ٹک سکا مگر سگنی ایک بت کی طرح دیر تک خاموش بیٹھی رہی۔

اس روز اس کا پورا دن کرب و اضطراب میں گزرا۔ دن کے بعد رات آگئی۔ رات تیزی سے بھاگتی رہی اور وہ دیر تک جاگتی رہی۔ سوچ کے دائرے اُسے اپنے شکنجے میں کسے جارہے تھے۔ اس کی سوچ کا دائرہ پھیلتا جارہا تھا۔ اس نے دماغ پر زور ڈالنا شروع کر دیا تھا۔ اس کی نظروں کے سامنے بار بار اس سپاہی کا چہرہ کالے ناگ کی طرح نمودار ہوتا جو بار بار اس کو ڈستا جاتا اور ہر بار وہ تڑپ کر رہ جاتی جیسے کوئی اس کے پورے وجود کو کچلے دے رہا ہے اور وہ اس سے نجات حاصل کرنا چاہ رہی ہے۔

سگنی نے ایک گہری سانس لی اور آسمان کی طرف اپنی نظریں اٹھائیں۔ آسمان بالکل شانت تھا۔ اسے اس وقت ایسا محسوس ہوتا ہے جیسے اس کی محفوظیت کی ساری چھتیں ٹوٹ گئی ہیں۔ اس کے وجود کا ہر انگ پسینے کی بوندوں کی طرح سردی بھری فضا میں تھر تھرا رہا تھا۔ سگنی نے سوچا وہ اپنی محفوظیت کو برقرار رکھ سکے گی یا ساری دیواریں منہدم کر کے آزاد ہو جائے گی۔ وہ ماں بابو جی کو ساری باتیں بتادے یا اپنے اندر ہی دفن کرلے۔ وہ بہت دیر تک کشمکش میں گھری رہتی ہے اور نہ جانے کب نیند کی دیوی آکر اس کے اوپر اپنی چادر تان دیتی ہے۔

پیٹ کی آگ نے سگنی کو پھر سے داتون بیچنے کے لیے مجبور کر دیا۔ وہ اٹھی اور داتون والے کے پاس پہنچ گئی۔ داتون والے نے داتون دے دیا۔ وہ اسے لے کر سیدھے اسٹیشن پہنچ گئی اور بے دھڑک داتون بیچنے لگی۔ اس کی نظر اس سپاہی پر پڑی

مگر اس کی پروا کیئے بغیر وہ داتون بیچتی رہی۔ سپاہی نے بھی اسے دیکھا مگر کچھ نہ بولا صرف مسکرا کر رہ گیا۔

اب وہ بے دھڑک اسٹیشن پر داتون بیچتی جیسے اسے کسی کا خوف نہ ہو۔ سپاہی بھی اسے روز دیکھتا مگر کچھ نہ کہتا۔ البتہ جب اس کے اندر کا ناگ پھن اٹھاتا تو وہ سگنی کو لے کر اسی بوسیدہ ڈبے میں چلا جاتا۔ اب سگنی بھی مزاحمت نہیں کرتی۔ اس نے اسے بھی اپنے مختلف کام کی طرح معمول میں شامل کر لیا تھا۔

وقت کی زنجیروں میں ہر شخص گرفتار ہے۔ کوئی زنجیر توڑ کر نکل جاتا ہے۔ کوئی زندگی بھر اسی میں گرفتار رہتا ہے۔ کوئی زنجیر خود پہن لیتا ہے اور کسی کو وقت پہنا دیتا ہے۔ وقت ہر لمحہ ایک زنجیر جوڑتا رہتا ہے۔ ایک سرا کبھی دوسرے سے نہیں ملتا۔ حالانکہ اس سرے کا پتہ لگاتے لگاتے انسان موت کی زنجیر اپنے گلے میں ڈال لیتا ہے۔

کئی دن تک سگنی اسٹیشن داتون بیچنے نہیں آئی تو سپاہی کو تشویش ہوئی کہ آخر سگنی کیوں نہیں آرہی ہے۔ دن اسی طرح گزرتے گئے۔ آخر ایک ہفتے کے بعد پھر سگنی اسٹیشن پر داتون لے کر نمودار ہوئی۔ اس کا چہرہ بالکل اترا ہوا تھا جیسے وہ خوب روئی ہو۔ غمگین چہرے پر کوئی ایسا دکھ تھا جسے وہ چاہ کر بھی نہیں چھپا پا رہی تھی۔ سپاہی نے اُسے بغور دیکھا اور سوچنے لگا۔ "یہ سگنی کو کیا ہو گیا۔ ہرنی کی طرح چوکڑی بھرنے والی لڑکی آج اتنی بجھی بجھی کیوں ہے۔۔۔ اس کی آواز بھی پھٹی پھٹی ہے۔ وہ ٹھیک سے گاہک کو اپنی طرف متوجہ بھی نہیں کر پا رہی ہے۔"

سپاہی اس کے پاس پہنچ گیا۔ سگنی نے سپاہی کو نگاہ اٹھا کر دیکھا اور سر جھکا کر

کھڑی ہو گئی۔

"کیا بات ہے سگنی؟۔ آج تو اتنی اداس کیوں ہے؟"

سگنی خاموش رہی۔

"بتانا کیا بات ہے؟"

سگنی کی آنکھوں سے جھرنے پھوٹ پڑے۔ وہ سسکتے ہوئے بولی۔

"ہمرے ماں باؤجی سب مر گئے۔"

"کیسے؟"

"جھونپڑیا میں آگ لگ گئی تھی۔۔۔ بہت لوگ مر گئے۔۔۔"

سپاہی کو یاد آیا۔ اس نے اخبار میں پڑھا تھا کہ سیلم پور پشتہ کی جھونپڑیوں میں آگ لگ گئی تھی۔ جس میں پچاس لوگ جل کر مر گئے تھے۔ سپاہی کو سچ مچ بہت افسوس ہوا۔ وہ سگنی کو ہمدردی سے دیکھنے لگا جو مسلسل روئے جا رہی تھی۔ جیسے کئی دن کے بعد بادل گھرنے کے بعد بارش ہوئی تھی۔'

"رو مت سگنی۔۔۔ رو مت۔۔۔ یہ سب بھگوان کی لیلا ہے"۔ سپاہی نے اسے ڈھارس بندھائی۔

"اب ہمرا اس دنیا میں کوئیو نہیں۔۔۔ ہم ایک دم اکیلی رہ گئی"۔ سگنی ہچکیاں لے لے کر رو رہی تھی۔

'دکھ کا کوئی نام نہیں ہوتا۔ دکھ تو بس دکھ ہے۔ دل سے آنکھوں تک دکھ ہی دکھ۔ دُکھ کی وجہ سے ہی آنکھیں ساون بھادو بن جاتی ہیں۔ دل رونے لگتا ہے مگر دکھ نہیں پگھلتا لیکن نہ جانے کیا ہوا کہ سپاہی ایک دم موم کی طرح پگھل گیا۔ اس کی

آنکھوں کا کوئی کنارہ ضرور نم ہو رہا تھا۔ وہ کچھ دیر سوچتا رہا۔ پھر ایک بھرپور نگاہ سگنی پر ڈالی اور اس کا ہاتھ پکڑ کر ایک طرف چل پڑا۔ سگنی نے نفرت سے سپاہی کو دیکھا۔ وہ سمجھ گئی کہ آج بھی وہ اُس ڈبے میں لے جائے گا۔ غصہ تو بہت آیا مگر اپنی زبان سے کچھ نہ کہا۔ وہ اس کے ساتھ ساتھ چلتی رہی لیکن آج سپاہی اس بوسیدہ ڈبے کی طرف جانے کے بجائے اسٹیشن کے باہر آگیا۔ سگنی کو حیرت ضرور ہوئی لیکن پھر اس نے سمجھا کہ ہوسکتا ہے اب کوئی نئی جگہ لے جائے۔ اسٹیشن کے کچھ ہی فاصلے پر سپاہی کا کوارٹر تھا۔ وہ اپنے کوارٹر کے سامنے پہنچ گیا۔ دروازے پر اس نے دستک دی۔ اس کی بیوی مایا نے دروازہ کھولا۔ ایک لڑکی کے ساتھ شوہر کو دیکھ کر اسے حیرت ہوئی۔

"کون ہے یہ ؟۔۔۔ کس کو ساتھ لائے ہو؟"۔ اُس نے کھرے لہجہ میں سپاہی کے کچھ کہنے سے پہلے ہی دو سوال داغ دیے۔ سپاہی خاموش رہا۔ وہ سگنی کو لے کر گھر میں داخل ہو گیا۔ مایا بھی اس کے پیچھے پیچھے آئی۔

"میں پوچھتی ہوں کون ہے یہ۔۔؟" مایا سپاہی کے سامنے دیوار کی طرح کھڑی ہو گئی۔

"یہ ایک یتیم اور غریب بچی ہے۔۔۔ پچھلے ہفتے سیلم پور پشتہ کی جھونپڑیوں میں جو آگ لگی تھی۔ اس میں اس کے ماں باپ جل کر مر گئے۔ اب اس کا اس دنیا میں کوئی نہیں ہے۔۔۔ اب یہ یہیں رہے گی ہمارے پاس۔۔۔ ہماری بھی کوئی اولاد نہیں ہے۔۔۔ یہ رہے گی تو گھر آباد ہو جائے گا"۔ سپاہی نے نہ صرف تفصیل ہی بتائی بلکہ اپنا فیصلہ بھی سنا دیا۔ مایا نے سگنی کو سر سے پیر تک غور سے دیکھا۔ کچھ دیر یونہی

دیکھتی رہی۔ سوچتی رہی۔ دھیرے دھیرے اس کے چہرے پر قائم سختی دور ہوتی چلی گئی اور اس نے پھر بڑی اپنائیت سے کہا۔

"آ بیٹی، میرے پاس آ۔۔۔"

سگنی سپاہی کی باتیں سن کر حیرت میں پڑ گئی تھی۔ اس نے ایک نظر سپاہی کو دیکھا۔ پھر مایا کو اور مایا کے پاس آ گئی۔ مایا نے اس کے گال تھپتھپائے۔

"کتنا پیارا چہرہ ہے۔ کیا نام ہے؟"۔

"سگنی!"

"نہیں آج سے تیرا نام سنگیتا رہے گا۔۔۔ میں تجھے بیٹی کی طرح پالوں گی۔۔۔ چل پہلے نہا لے"۔ وہ سگنی کو لے کر باتھ روم کی طرف بڑھتی ہے۔ پھر رک کر سپاہی سے مخاطب ہوتی ہے۔ "سنو جی، جاؤ اس کے لیے ایک دو اچھے کپڑے خرید لاؤ۔۔۔"

"ابھی لے کر آیا!"۔ سپاہی کہتا ہوا تیزی سے باہر نکل گیا۔

سگنی سمجھ نہیں پاتی ہے کہ سپاہی کے اندر اچانک یہ تبدیلی کیسے آ گئی۔ اب تک میرے بدن سے کھیلنے والا مجھے اپنے گھر لے آیا اور ایک طرح سے اس نے اپنی بیٹی تسلیم کر لیا۔ کہیں ایسا تو نہیں کہ اس میں بھی اس کی کوئی مصلحت ہو کہ جب گھر پر رہوں گی تو جب چاہے گا میرا استعمال کرے گا۔ ذہنی طور پر اس نے خود کو اس کے لیے بھی تیار کر لیا تھا کہ جب اس کا مقدر ہی یہی ہے تو پھر اس سے گھبرانا کیسا۔'

وقت گزرتا جاتا ہے۔ مایا سگنی کو بالکل اپنی بیٹی کی طرح پرورش کرنے لگتی ہے۔ سپاہی بھی اس پر شفقت لٹانے لگتا ہے لیکن وہ کبھی نظر ملا کر بات نہیں کرتا

جیسے وہ اس کا مجرم ہو۔

سگنی اب اور بھی حسین اور جوان نظر آنے لگی تھی۔ مایا نے اُسے پہلے تو خود پڑھایا پھر ٹیوٹر رکھ کر اُسے دسواں پاس کروایا۔ اب سگنی اخبار، میگزین بھی پڑھنے لگی تھی۔ ٹی۔ وی پر سماچار بھی دیکھتی۔ اُسے سمجھتی بھی اور مایا سے اس پر اظہارِ خیال بھی کرتی۔'

سگنی کو ایسا محسوس ہوتا گویا کسی نے اُسے جھولے پر بٹھا کر بڑی لمبی پینگ دے دی ہو۔ اس کے چہرے سے خوشی ٹپکی پڑتی تھی مگر دل دھڑکے بھی جا رہا تھا۔ دل کے اندرونی گوشے میں ایک کانٹا سا چبھتا رہتا۔ اس کی آنکھیں خوف زدہ دروازے کو تکتی رہتیں۔ جب رات اس کے کمرے میں اندھیرے کے ساتھ سمٹ جاتی تو یاد دلاتی اُسے ماضی کے وہ ہر ایک پل جو اس نے سپاہی کے ساتھ بوسیدہ ریل کے ڈبے میں گزارے تھے۔ وہ ان لمحوں کو یاد کر کے اُداس ہو جاتی۔ اس کی سوچ بکھرنے لگتی۔ فقط اُداس لمحے کا نام زندگی تو نہیں۔

لمحے کبھی روشنی ہیں۔

لمحے کبھی چاندنی ہیں۔

لمحے کبھی راگنی ہیں۔

کبھی کسی پل چمکنے لگتا سورج۔ سگنی کی زندگی کا بھی سورج روشن ہو گیا تھا۔ اپنی تابناکی کے ساتھ۔

سپاہی کے اندر بھی ایک کانٹا تھا جو ہمیشہ اُسے چبھتا رہتا۔ اُس نے سگنی کو زبان سے بیٹی تو بنا لیا تھا لیکن اس کی چڑھتی جوانی اور سندرتا کو دیکھ کر کبھی کبھی اس کے

اندر کا سانپ پھن اٹھا کر سگنی کو ڈسنے کے لیے اُکساتا مگر اُسے مایا کا ڈر بھی رہتا۔ مایا سایہ کی طرح اس کے ساتھ رہتی۔ جب کچن میں کھانا بناتی اس وقت بھی اپنے ساتھ رکھتی اور اس سے باتیں کرتی رہتی۔ دیر رات تک اسے اپنے پاس بٹھاتی اور اپنے بیتے دنوں کی باتیں اُسے سناتی رہتی۔ سپاہی یہ سب دیکھ کر اندر ہی اندر کڑھتا رہتا۔ اُسے ماں بیٹی کا یہ پیار کھلنے لگا تھا۔ وہ ہر ممکن کوشش کرتا کہ سگنی اس کے کمرے میں بھی آئے، اُس سے باتیں کرے، اس کا دل بہلائے لیکن سگنی شاید سپاہی کے پاس آنے سے بھی ڈرتی تھی، کتراتی تھی۔ اُسے اس بات کا بھی ڈر تھا کہ اگر مایا کو پتہ چل گیا تو شاید اسے ہی خراب لڑکی کہہ کر گھر سے نکال دے کہ اس کے پتی پر اس نے ڈورے ڈالنے شروع کر دیے ہیں۔

اب سگنی الگ کمرے میں سوتی تھی کیونکہ اسے دیر تک پڑھنے کی عادت ہو گئی تھی۔ وہ مختلف Subject کی کتابوں میں اپنا زیادہ تر وقت گزارتی کہ ماضی کا کوئی بھی پل وہ اب اپنے ذہن کے نہاخانے میں رکھنا نہیں چاہتی تھی۔ وہ اس سے فرار حاصل کرنا چاہتی تھی اور ماضی کی یادوں سے چھٹکارا پانے کا حل اس نے کتابوں میں تلاش لیا تھا۔'

آج کی رات اپنے برہنہ جسم پر سیاہ راکھ مل کر نمودار ہوئی تھی۔ ہوائیں دیوانہ وار رقص کر رہی تھیں۔ سیاہ بادل امڈے چلے آتے تھے۔ رات کے ایک بج رہے تھے۔ سپاہی کی آنکھوں سے آج نیند نے اپنا خیمہ اکھاڑ لیا تھا۔ اس کا ذہن بار بار سگنی پر جا کر مرکوز ہو جاتا۔ اسے کبھی لگتا کہ اس نے گھر میں لا کر سگنی کو غلطی کی ہے۔ اسے اسی حال میں چھوڑ دیتا تو جب چاہتا اس کا استعمال کرتا لیکن گھر میں لا کر اپنے

لیے مشکل پیدا کرلی ہے۔ مایا کو پتہ چلے گا تو کیا سوچے گی۔ وہ تو اسے بالکل اپنی بیٹی ہی سمجھتی ہے۔ جہاں بھی جاتی ہے ساتھ لے کر جاتی ہے۔ ایسی حالت میں کیا وہ سگنی سے لطف اندوز ہو سکتا ہے۔ لیکن اس کے کسی گوشے سے آواز آتی۔ اس میں حرج ہی کیا ہے۔ وہ تمہاری سگی بیٹی تو نہیں ہے۔ گھر میں رکھ لینے سے کوئی بیٹی تو نہیں ہو جاتی پھر سگنی کو بھی تو سب کچھ پتہ ہے۔

مختلف قسم کی کشمکش میں گھرا سپاہی اپنے کمرے سے بالآخر نکلتا ہے اور سگنی کے کمرے کی طرف چل پڑتا ہے۔ اس کے کمرے کا دروازہ کھلا تھا۔ سگنی گہری نیند میں سوئی تھی۔ نائٹ بلب میں وہ اور بھی حسین لگ رہی تھی۔ دوپٹہ ایک طرف سرک گیا تھا اور جوانی کے نشیب و فراز سپاہی کے ضبط کے باندھ توڑے ڈال رہے تھے۔ وہ دھیرے دھیرے اس کے پلنگ پر بیٹھ جاتا ہے۔ اس کے ہاتھوں میں کنپن شروع ہو جاتی ہے اور چہرے پر پسینے کی بے شمار بوندیں لرزنے لگتی ہیں۔ اس کشمکش کے عالم میں اس کا ہاتھ سگنی کے بدن سے جا ٹکراتا ہے۔ سگنی کی آنکھ اچانک کھل جاتی ہے اور وہ چونک کر اٹھ بیٹھتی ہے۔ سپاہی کو اپنے قریب بیٹھا دیکھ کر اس کی آنکھوں میں نفرت کے شعلے بھبھک اٹھتے ہیں۔ وہ اسے نفرت سے دیکھتی ہوئی اٹھ کھڑی ہوتی ہے۔ ڈوپٹہ دور پھینک دیتی ہے اور شمیض اتارنے کے لیے ہاتھ بڑھاتی ہے۔۔۔ سپاہی کے اندر جیسے ایک بجلی سی کوندتی ہے۔ وہ لپک کر سگنی کا ہاتھ پکڑ لیتا ہے۔ اس کا دوپٹہ اٹھا کر اسے قاعدے سے اوڑھاتا ہے۔ اس کا ایک پلو سر پر ڈالتا ہے اور بلکتے ہوئے اس کی پیشانی پر ایک شفیق بوسہ ثبت کرتا ہے اور سر جھکائے دھیرے دھیرے کمرہ سے نکل جاتا ہے۔

سگنی کے اندر بھڑکتے ہوئے شعلے اچانک سرد ہو جاتے ہیں اور اُسے ایسا محسوس ہوتا ہے کہ آج سچ مچ اس کا کھویا ہوا باپ اس کو مل گیا۔!

***

۷

سمندر جاگ رہا ہے

بھیانک رات۔۔۔۔۔۔۔۔۔!

گھٹاٹوپ اندھیرا اور اندھیرے میں ڈوبا ایک جزیرہ' جزیرے کے وسط میں ایک شہر لیس بوس (LES BOSE)' ویران سڑکیں اور خاموشی کا سینہ چیرتی تیز رفتار گاڑیوں کی آوازیں۔ جیسے جیسے رات بھیگتی گئی آوازیں مدھم پڑتی گئیں اور ایک وقت ایسا آیا کہ آوازیں معدوم ہو گئیں لیکن شانت سمندر کی لہروں میں ایک دل آویز موسیقی گھلی ہوئی تھی جو آس پاس کے علاقے کو مترنم کر رہی تھی۔ سارا علاقہ پر سکون نیند کی آغوش میں پینگیں لے رہا تھا مگر سمندر جاگ رہا تھا۔ اسکی لہریں ساحل تک آتیں اور اسے بوسہ دے کر پھر سمندر میں لوٹ جاتیں۔ اس حسین اور دلکش منظر کو دیکھنے والا وہاں کوئی موجود نہ تھا البتہ ساحل سے ملحق ایک گھر کے دروازے پر دھپ کی ایک آواز نے مکین کو نیند میں چونکنے پر مجبور ضرور کر دیا تھا۔۔

"کون ہے ؟"۔۔ وہ بستر سے اُٹھنا نہیں چاہتی تھی مگر گہری خاموشی کے بعد پھر دھپ کی آواز اُبھری۔

"کون ہے؟" اس بار اسکے لہجے میں ناراضگی تھی۔

"دھپ۔۔۔۔۔۔۔۔۔۔ دھپ۔۔۔۔۔۔۔۔۔۔ دھپ۔۔۔۔۔۔۔۔۔۔"

"ارے کون ہے کوئی نام پتہ ہے یا نہیں؟"۔۔ وہ غصے میں اُٹھ کر بیٹھ گئی مگر دروازہ کھولنے کی ہمت یکجا نہیں کر پا رہی تھی کہ دستک دینے والے نے اپنا نام ابھی تک نہیں بتایا تھا۔

دھپ دھپ کی آواز جاری رہتی ہے۔

"ارے گونگے ہو گیا' کچھ بولتے کیوں نہیں؟"۔۔ اب اُس کے اندر اضطراب اور غصے کی ملی جلی کیفیت پیدا ہو گئی تھی۔

"دھپ!"

وہ سہم گئی۔

خاموشی۔۔۔۔۔۔۔۔۔۔ گہری خاموشی۔۔۔۔۔۔۔۔۔۔

کچھ لمحہ خاموشی کے بعد پھر وہی دھپ دھپ کی آوازیں پھر گہری خاموشی۔

وہ اُٹھی اور دبے پاؤں دروازے تک پہنچی مگر دروازہ کھولنے کی ہمّت یکجا نہ کر پائی۔ وہ اس گھر میں اکیلی تھی۔ اُسے حیرانی تھی کہ آخر کوئی بولتا کیوں نہیں۔ دستک دینے والا کون ہے۔ جب یہاں کوئی موجود نہیں ہے کیا کوئی آسیب ہے یا کوئی مجھے خوف ذدہ کر رہا ہے۔ کچھ دیر کھڑی رہنے کے بعد پھر پلنگ تک آئی اور بستر پر بیٹھ گئی۔

"دھپ"

اس بار وہ غصے سے اُٹھی ایک ہاتھ میں ٹارچ اور دوسرے میں ڈنڈا لے کر

دروازے کے پاس آئی اور یک جھٹکے سے دروازہ کھول دیا۔ اس نے دیکھا دروازے کے پاس ایک کتّا اور ایک کتیا اختلاط میں مشغول ہیں اختلاط کے درمیان دروازے سے ٹکرانے سے دھپ دھپ کی آواز ہو رہی تھی۔ اس نے ڈنڈا زمین پر پٹخا، دونوں کیں۔۔۔ کیں کرنے لگے۔ وہ زیر لب مسکرائی اور دل ہی دل میں بدبدائی ۔۔ "انہیں اور کوئی جگہ نہیں ملی تھی"۔۔ دروازہ بند کر کے بستر پر آکر دراز ہو گئی۔ اب اس کی آنکھوں سے نیند غائب ہو گئی تھی۔ بار بار اس کا ذہن کتّے کے اختلاط کی طرف مرکوز ہو جاتا۔ اس کے بدن میں جھرجھری سی ہوئی اور وہ سوچ کی دنیا میں دور بہت دور نکل گئی کہ پھر کسی کی دستک نے اسے اُن حسین وادیوں سے لوٹا کر کمرہ میں ہونے کے احساس دلا دیا۔

دستک!

"کون ہے؟"۔۔

ما۔۔۔۔۔۔۔۔ما۔۔۔۔۔۔۔۔۔۔ میں۔۔۔۔۔۔۔۔۔ ایک مردانہ آواز اُبھری جسے سن کر وہ چونک گئی۔ یہ کس کی آواز ہو سکتی ہے۔ اب کون سا جانور آگیا۔ اس نے اس طرح کی آواز پہلی بار سنی تھی۔ استعجاب نے سر اُبھارا اس نے گھبرا کر دروازہ کھول دیا۔ ایک خوبرو نوجوان اسکے سامنے کھڑا تھا۔ اسکے لباس پانی سے بھیگے ہوئے تھے بلکہ پورا وجود تربہ تر تھا۔ بدن تھکا تھکا اور آنکھیں نیند سے بوجھل تھیں۔ کسی مرد کو اس نے اس جزیرے میں پہلی بار دیکھا تھا۔

"تو۔۔۔۔۔۔۔ تو۔۔۔۔۔۔۔ تم کون ہو۔۔۔۔۔۔۔۔ کوئی جانور تو نہیں۔۔۔۔۔۔۔ ایسا ذی روح میں نے پہلی بار دیکھا ہے"۔۔

"میں بھی انسان ہوں بالکل تمہاری طرح۔ فرق یہ ہے کہ تم عورت ہو اور میں مرد۔۔"

"مرد۔۔۔۔۔۔۔۔۔۔" اس لڑکی نے اسے اوپر سے نیچے تک بغور دیکھا۔ لفظ 'مرد' اس نے پہلی بار سنا تھا۔

"ہمارے جزیرے میں مرد نام کا کوئی ذی روح نہیں رہتا۔ صرف عورتیں رہتی ہیں۔ تم کہاں سے آگئے۔ اندر آجاؤ۔ اگر کسی نے دیکھ لیا تو تمہاری گردن مار دی جائے گی۔"

اس نوجوان نے حیرت سے ادھر ادھر دیکھا اور فوراً اندر آگیا۔ لڑکی نے جلدی سے دروازہ بند کر دیا۔ نوجوان استعجاب میں ڈوب گیا کہ یہ کیسا جزیرہ ہے جہاں مرد کا تصور نہیں۔

"ہاں اب بتاؤ تم کون ہو؟ اور یہاں کیسے آئے؟"

"میں جہازی ہوں۔ ایک ملک سے دوسرے ملک میں جہاز سے تجارت کی غرض سے سفر کرتا رہتا ہوں۔ سمندر میں طوفان آنے کی وجہہ سے میرا جہاز ڈوب گیا۔ میں کسی طرح تیرتا ہوا اس جزیرے میں آگیا اور اب تمہارے سامنے کھڑا ہوں"۔۔ اس نے ایک ہی سانس میں سب کچھ بتادیا۔

وہ بہت دیر تک سوچتی رہی پھر ایک کتاب نکال کر جلدی جلدی پنے کو پلٹنے لگی۔ کافی پنّے پلٹنے کے بعد ایک بوسیدہ سی تصویر نظر آئی۔ جس میں اس نوجوان کی طرح ایک مرد نظر آیا۔ جسے ایک جلّاد عورت پھانسی کی سزا دے رہی تھی۔ اُس نے مرد کے بارے میں اپنے اباواجداد سے سن رکھی تھی۔

"اوہ! تو تم مرد ہو۔ جو زمانۂ قدیم میں کبھی اس جزیرے میں بھی ہوا کرتے تھے۔ لیکن یہاں کی حکمراں سیفو اوّل نے سب کو تہہ تیغ کر دیا تھا۔ اور صرف عورتوں کی حکومت قائم کر دی تھی۔ اب یہاں صرف عورتیں ہی رہتی ہیں۔"

اُس نوجوان کو حیرانی ہوئی۔

"کیا دنیا میں ایسا بھی کوئی جزیرہ ہے جہاں صرف عورتیں ہی رہتی ہیں اور سارا نظام عورتوں کے ہاتھوں میں ہے۔"

"ہاں' اور یہاں مردوں کا آنا سخت منع ہے اگر غلطی سے کوئی آجاتا ہے تو اسے سزائے موت دی جاتی ہے۔ جیسا کہ اس تصویر میں پھانسی کی سزا دی جا رہی ہے۔۔۔۔۔۔۔۔۔ دیکھو۔۔۔۔۔۔۔۔۔۔ اس نے کتاب آگے کر دی۔"

"کیا کہا۔۔۔۔۔۔۔ تو کیا میری موت یہاں مجھے کھینچ لائی ہے؟"

"اگر کسی نے تمہیں دیکھ لیا تو تمہاری موت یقینی ہے۔ اس لئے جتنی جلد ہو سکے اس جزیرے سے نکل جاؤ۔"

"میں تو اس جزیرے میں بالکل اجنبی ہوں۔ رات میں کسی طرح چاند کی روشنی میں آپ کے گھر تک پہنچ گیا کیونکہ سمندر سے آپ کا گھر بالکل نزدیک تھا لیکن اب صبح ہونے والی ہے اب تو میری جان آپ کے رحم و کرم پر ہے۔"

"ایسا ہے کہ میں فی الحال تمہیں اپنے گھر میں رہنے کی اجازت دیتی ہوں لیکن گھر سے باہر قدم ہرگز نہیں رکھنا۔ نہیں تو مارے جاؤ گے۔ موقع دیکھتے ہی میں تمہیں کسی طرح اس جزیرے سے نکال دوں گی۔"

"بہت بہت شکریہ۔ میں آپ کا احسان زندگی بھر نہیں بھولوں گا۔"

"ٹھیک ہے میں تمہارے کھانے پینے کا انتظام کرتی ہوں۔ تم اس کمرے سے باہر مت آنا"۔۔ یہ کہہ کر وہ کمرے سے باہر نکل گئی۔ وہ نوجوان پلنگ پر بیٹھ گیا اور اس طلسمی جزیرے کے بارے میں سوچنے لگا۔

اسے گھر میں مقید ہوئے کئی دن گذر گئے لیکن جزیرے سے باہر جانے کی کوئی سبیل ابھی تک نہیں نکلی تھی۔ وہ باہر کی دنیا دیکھنا چاہتا تھا کہ آخر اس جزیرے میں عورتیں سارا نظام کیسے چلاتی ہیں۔ جب وہ عورت کام پر چلی گئی تو اس نے زنانہ بھیس بدلا اور گھر سے باہر آ گیا۔ سڑکوں پر صرف عورتیں ہی عورتیں نظر آ رہی تھیں۔ ایک بھی مرد کا نام و نشان نہیں تھا۔ ٹریفک پولس سے لے کر تھانہ، صفائی، ہسپتال، پولس، تعلیم سب کام عورتوں کے ہاتھوں میں تھا اور سب اپنا کام بخوبی نبھا رہی تھیں۔ ایک عورت ہنس کر دوسری عورت سے ملتی تو ایک دوسرے کو بوسہ دیتیں۔ وہ حیرانی میں ڈوبا تھا کہ سائرن کی آواز ابھری' وہ چونک گیا۔ پولس کی گاڑی سڑک پر راستہ بنا رہی تھی۔ راہ چلتی عورتیں سڑک کے کنارے کھڑی ہو گئیں۔ وہ بھی سڑک کے کنارے کھڑا ہو گیا۔

"یہ کیا ہو رہا ہے؟"۔۔ اُس نے آواز بدل کر پاس کھڑی ایک عورت سے پوچھا۔

"جزیرے کی وزیر اعظم گزرنے والی ہیں۔"

"اوہ! کیا نام ہے ان کا؟"۔۔ اُس عورت نے آنکھیں تریر کر دیکھا کہ یہ کیسی عورت ہے جو وزیر اعظم کا نام بھی نہیں جانتی۔

"سیفو تھری (Safothree) نام ہے ان کا۔"

وزیر اعظم کا قافلہ گزر گیا۔ سڑک کی رفتار پھر معمول پر آگئی۔

جب وہ لوٹ کر گھر پہنچا تو جزیرے کا منظر دیکھ کر حیران تھا۔ اس نے خوبصورت سے خوبصورت لڑکیوں کو دیکھا تھا۔ ایک بھی لڑکی بدصورت اُسے نظر نہیں آئی۔ اتنے حسین چہرے اس نے پہلے نہیں دیکھے تھے۔ ایسا لگتا تھا پوری دنیا سے خوبصورت لڑکیوں کو لاکر یہاں یکجا کر دیا گیا تھا۔

وقت گذرتا جا رہا تھا اور مرد کے باہر نکلنے کا کوئی راستہ ہموار نہیں ہوا تھا۔ وہ عورت بھی روز کوئی نہ کوئی ترکیب ضرور سوچتی لیکن اسے عملی جامہ پہنانے میں ناکام رہتی کہ ہر ترکیب میں مرد کی شناخت حائل ہو جاتی۔ اس کے پکڑے جانے کا خدشہ دامن گیر رہتا جب مرد نے اُسے پریشان دیکھا تو گویا ہوا۔

"میں جانتا ہوں تم میری وجہ سے کافی پریشان ہو۔ اگر موت کا ڈر نہیں ہوتا تو میں کب کا یہاں سے نکل جاتا لیکن موت کا ڈر ہر لمحہ مجھے بھی پریشان کر رہا ہے۔"

"یہی بات تو مجھے بھی پریشانی میں مبتلا کر رکھا ہے۔ بہر کیف کوئی نہ کوئی راستہ تو ضرور نکل آئے گا۔ لو چائے پیو"۔ اس نے چائے کا گلاس مرد کی طرف بڑھایا۔ گلاس لیتے وقت مرد کا ہاتھ اس عورت سے مس کر گیا۔ عورت کو ایک عجیب طرح کے لمس کا احساس ہوا۔ وہ سوچنے لگی کہ اس کا ہاتھ مَس کرنے سے یہ عجیب طرح کے لمس کا احساس کیوں ہوا؟ لیکن اس سوچ کو اس نے فوراً جھٹک دیا۔ گاہے گاہے اکثر اس عورت کا کوئی نہ کوئی عضو اس مرد کو چھو جاتا اور اس کے اندر ایک عجیب لمس کا احساس ہوتا۔

رات کا تیسرے پہر گزر رہا تھا مگر اس عورت کی آنکھوں سے نیند غائب ہو گئی

تھی۔ بار بار اس لمس کو محسوس کر کے دل ہی دل میں محظوظ ہوتی رہتی۔ اسی لمحہ ایک عجیب سرشاری اس کے اندر پیدا ہو گئی اور وہ اپنے کمرہ سے نکل کر مرد کے کمرہ میں گئی۔ مرد گہری نیند سو رہا تھا۔ وہ بستر پر بیٹھ گئی اور دھیرے دھیرے ہاتھ بڑھا کر اس کے بدن کو سہلانے لگی، مرد جاگ گیا اور ایک خوبصورت عورت کو اپنے اتنے قریب دیکھ کر وہ بھی اپنا ہوش کھو بیٹھا۔ اُس نے عورت کو اپنی بانہوں میں سمیٹ لیا اور وہ عورت اس کی بانہوں میں سماتی چلی گئی۔

عورت زندگی میں پہلی بار اس عمل سے گزری تھی اور اس لذت سے آشنا ہوئی تھی۔ اسے سمجھ میں نہیں آرہا تھا کہ اس مرد میں ایسا کیا ہے جو یہاں کی عورتوں کے ساتھ مباشرت کرنے میں نہیں۔ اس طرح کی لذت کیا صرف مرد سے ہی ممکن ہے؟ جس کے چھونے سے پورے وجود میں ایک نئے لمس کا احساس جاگ جاتا ہے اور بار بار اس کے قریب جانے کا دل کرتا ہے۔ اب وہ ہر رات اس کے کمرہ میں چلی جاتی اور اس کی بغل میں سو جاتی۔

وقت لمحہ لمحہ گزرتا رہا۔ وہ اس مرد کو جانے دینا نہیں چاہتی تھی۔ وہ چاہتی تھی کہ ہمیشہ کے لئے اس کے پاس ہی رہ جائے کیونکہ جو لذت وہ دے رہا تھا اس سے قبل وہ اس سے ناآشنا تھی۔ اب تک وہ اپنی جنسی خواہش صرف عورتوں سے ہی پوری کرتی تھی جس میں وہ لذّت نہیں تھی جو یہ مرد دے رہا تھا لیکن وہ مرد گھر میں قید رہ کر زیادہ دن رہنا نہیں چاہتا تھا۔ جب کبھی اس کا دل چاہتا زنانہ لباس پہن کر شہر میں نکل جاتا۔ گھومتا پھرتا، ہوٹل میں کھاتا پیتا اور گھر واپس آجاتا لیکن اس زندگی سے وہ اکتا گیا تھا۔ اُسے اپنی بیوی، بچے، روزگار یاد آنے لگے تھے۔ وہ لوٹ

جانا چاہتا تھا مگر عورت کسی طور اُسے چھوڑنے کو تیار نہ تھی۔ جزیرے سے نکلنا مشکل تھا۔ جب تک کسی کشتی یا جہاز کا انتظام نہ کیا جائے۔ لیکن اس جزیرے میں نہ کوئی جہاز آتا نہ جاتا، البتہ کشتی سے عورتیں سمندر کی سیر کرتیں، پھر واپس آجاتیں۔

جب کئی مہینے گزر گئے تو عورت نے اپنے اندر ایک تبدیلی محسوس کی۔ اس کے پیٹ میں اُس مرد کا بچہ پل رہا تھا۔ وہ ڈاکٹر کے پاس گئی۔ ڈاکٹر نے معائنہ کیا' معائنے کے بعد ڈاکٹر کے چہرے پر تشویش کی لکیریں ابھر آئیں۔ شلف سے ایک کتاب نکال کر اس کا مطالعہ کیا۔

"اس کا مطلب تم ماں بننے والی ہو"۔۔

"یہ ماں بننا کیا ہوتا ہے؟"۔۔ اس عورت نے یہ لفظ بھی پہلی بار سنا تھا۔

"جب کوئی عورت کسی مرد کے ساتھ مباشرت کرتی ہے تو اس کے پیٹ میں حمل ٹھہر جاتا ہے اور نو مہینے کے بعد وہ بچے کو جنم دیتی ہے لیکن اس جزیرے میں عورتیں اس عمل سے نہیں گزرتیں کیوں کہ یہاں صرف عورتیں ہی عورتیں رہتی ہیں۔ اس سے صاف ظاہر ہے کہ اس جزیرے میں کوئی مرد ہے۔"

"ہاں! میرے گھر میں ایک مرد ہے۔ وہ جہازی ہے اور جہاز ڈوب جانے کی وجہ سے کسی طرح اس جزیرے میں پہنچ گیا ہے۔"

"تم جانتی ہو اگر حکومت کو پتہ چل گیا تو تمہارے ساتھ اسے بھی پھانسی پر چڑھا دیا جائے گا۔ اس لئے اس حمل کو ضائع کر دو اور اس مرد کو جتنی جلد ہو سکے یہاں سے نکال دو۔"

"میں اسے چھوڑنا نہیں چاہتی کیونکہ جو لذت وہ دے رہا ہے۔ یہاں کی

عورتیں نہیں دے سکتیں۔ میں اس کے ساتھ اس کی دنیا میں جانا چاہتی ہوں۔ جہاں مردوں کے ساتھ جینے کی آزادی ہے۔"

"تم کوئی بھی فیصلہ لینے کے لئے آزاد ہو۔ آگے تمہاری مرضی۔ میں نے تمہیں آگاہ کر دیا۔"

وہ عورت وہاں سے نکل کر گھر کی طرف چل پڑی۔ اس نے پورے راستے ایک پلان بنایا کہ کس طرح اسے اُس مرد کے ساتھ اس جزیرے سے نکلنا ہے۔ اس نے بہت سارا کھانے پینے کا سامان بازار سے خرید لیا اور سامان سے لدی پھدی گھر پہنچی مگر یہ کیا اس نے دیکھا پولس مرد کو پکڑ کر لے جا رہی ہے۔ اس نے خود کو چھپا لیا۔ جب پولس چلی گئی تو وہ گھر میں داخل ہوئی۔

پولس نے اس مرد کو وزیر اعظم کے سامنے پیش کیا۔ وزیر اعظم نے اس مرد کا بغور جائزہ لیا اور کہا۔۔

"اس مرد کو میرے حرم میں پیش کیا جائے اور میری تلوار لائی جائے۔

میں اسے خود سے سزا دینا چاہتی ہوں۔"

مرد کو وزیر اعظم کے خواب گاہ میں بھیج دیا گیا۔ وزیر اعظم صاحبہ تلوار کے ساتھ خواب گاہ میں تشریف لے گئیں۔ محل میں چہ مگوئیاں ہونے لگیں کہ اب اس مرد کا خاتمہ یقینی ہے لیکن کافی وقت گزر جانے کے بعد نہ دروازہ کھلا اور نہ مرد کے چیخنے کی کوئی آواز آئی۔ محل کے سپاہی اور عہدے داران حیران تھے۔ وقت گزرتا گیا اور حیرانی بڑھتی گئی۔ تین دن کے بعد جب درواز کھلا تو وزیر اعظم کے چہرے پر مسکراہٹ رینگ رہی تھی۔ وہ ہنستی ہوئی باہر آئی۔ اس نے مرد کا ہاتھ پکڑ

رکھا تھا۔ اس نے ڈرائیور کو کار نکالنے کا حکم دیا اور اس مرد کے ساتھ شہر کی سیر کو نکل پڑی۔

***

۸

پناہ گاہ

نہ جانے کہاں سے لکھمنیا کی ریگستان کی طرح خشک آنکھوں میں پانیوں کا سیلاب اُمڈ آیا۔ اس کا دل بھر آیا۔ اُس نے اپنی چھ سالہ بیٹی سمتا کو زور سے بھینچ لیا اور پھوٹ پھوٹ کر رونے لگی۔ سمتا بھی ماں کو روتا دیکھ کر بلک پڑی۔ بیٹی کو بلکتا دیکھ کر لکھمنیا نے اُسے خود سے الگ کیا۔۔۔۔

"ہمرا مقدر ہی خراب ہے بیٹی۔ ہم بڑی بد نصیب ہیں"۔۔۔۔ آواز گلے میں پھنسنے لگی۔۔۔۔ "ہملوگوں کا ایک ہی سہارا تھا۔ وہ بھی چھن گیا۔ ہم بے سہارا ہو گئے اور توانا تھ"۔۔۔۔ لکھمنیا نے آنچل سے آنسو خشک کئے پھر سمتا کے آنسو پوچھنے لگی اس نے آسمان کی طرف دیکھا۔۔ دکھوں کا سمندر کتنا گہرا کتنا وسیع ہوتا ہے۔۔۔۔

"ہے بھگوان میرا گناہ کیا تھا جو اتنی بڑی سزا دی۔ ہم ماں بیٹی کے لئے روٹی پیدا کرنے والے کو ہی اُٹھا لیا"۔

لکھمنیا کا پتی ہزاریکا کو مرے آج تیسرا دن تھا۔ لکھمنیا تین دن سے رہ رہ کر رو رہی تھی۔ کبھی اُسکے آنسو خشک ہو جاتے تو کبھی جھرنوں کی طرح بہنے لگتے۔ نہ اُسے کھانے کی سدھ تھی نہ پینے کی لیکن سمتا کی بھوک کا جب اُسے احساس ہوتا۔

گھر میں بچا کچا کھانہ اسے کھلا دیتی۔ گھر کیا تھا ایک جھونپڑی تھی جس میں بس تین جون کسی طرح پیر پسار کر سو سکتے تھے۔ جھونپڑی سے لگی ہی ایک چھوٹی سی دکان تھی۔ جس کا منہہ سڑک کی طرف کھلتا تھا۔ دکان کی چھت بھی پھوس ہی کی تھی۔ جب ہزاریکا زندہ تھا تو اسی دکان میں چائے اور پکوڑے بیچتا تھا۔ دکان اور مکان کے درمیان میں ٹاٹ کا ایک پردہ تھا جو دونوں کو دو حصّوں میں تقسیم کرتا تھا۔ لکھمنیا جھونپڑی کے اندر بیٹھ کر پیاز کاٹتی یا بیسن گھولتی۔ ہزاریکا پکوڑے تلتا، چائے بناتا اور اکیلئے ہی گاہکوں کو بڑھاتا۔ دکان کا سارا کام وہ تقریباً اکیلے ہی کرتا۔ چائے بنانا، پکوڑے تلنا، گاہکوں کو پانی بڑھانا یا جوٹھے برتن اُٹھانا۔ البتہ لکھمنیا جوٹھے برتن کو دھو کر دکان میں بھیجوا دیتی۔ ہزاریکا، لکھمنیا کو دکان میں اس لئے آنے سے منع کر دیا تھا کہ پتا نہیں کس گاہک کی نظر کیسی ہو۔ کبھی کوئی فقرہ ہی کس دے یا بری نظر سے دیکھ ہی لے۔

دُکان سے اتنی آمدنی ہو جاتی تھی کہ تینوں جون کا گزارہ آرام سے ہو جاتا تھا لیکن اتنا پیسہ نہیں بچتا تھا کہ پیٹ کے جہنم کو بجھانے یا تن کو ڈھانپنے کے علاوہ کچھ اور سوچ سکے۔ تین روپیہ تو اُسے روز سرکاری سو چا یلیہ میں دینے پڑتے تھے۔ اسکی دکان شہر کے بزازہ روڈ میں بھیڑ بھاڑ والے علاقے میں تھی۔ جہاں تھانے والے کو کچھ پیسے دے کر روڈ کے کنارے جھونپڑی ڈال لی تھی۔ تھانے میں دو یا تین بار پانچ چھ کپ چائے مفت میں بھیجوانی پڑتی تا کہ کوئی سپاہی آکر اسے پریشان نہ کرے۔۔۔ البتہ دو موسموں میں ہزاریکا کی پریشانی میں اضافہ ہو جاتا۔ سردی کے موسم میں جب کڑاکے کی سردی پڑتی۔ اسکے پاس نہ کوئی لحاف تھا اور نہ کوئی گرم

چادر۔ پوال کو زمین پر ڈال کر اس پر بورے کا بستر بنا دیتا اور ایک بوسیدہ کمبل میں پتی پتنی اور بیٹی تینوں تن کو ڈھکے رہتے۔ لکھمنیا بیچ میں سوتی اس لئے کبھی وہ سمتا کو کمبل سے ڈھاکتی رہتی تو کبھی ہزاریکا کو۔ کہرے یا بارش والی رات میں یہ کمبل ناکافی ہوتا۔ ایسی صورت میں قریب کے پھل کی دکان سے ٹوٹے بکسے کی لکڑی مانگ کر لے آتا۔ اسی کا الاؤ جلاتا اور رات بھر تینوں تاپتے رہتے لیکن برسات کے موسم میں پریشانی میں مزید اضافہ ہو جاتا۔ پھوس کی چھت سے ٹپ ٹپ پانی ٹپکتا رہتا۔ ایسی راتوں میں تینوں افراد آنکھوں میں رات کاٹتے۔ رات بھر جہاں جہاں سے پانی ٹپکتا وہاں المونیم کے برتن رکھ کر کچے فرش کو گیلا ہونے سے بچانے کی ناکام کوشش کرتے مگر بے تحاشہ پانی ٹپکنے سے پورا فرش گیلا ہو جاتا اور کہیں پر بھی سونے کی کیا بیٹھنے کی بھی جگہ نہ ہوتی۔ اس وقت لکھمنیا اپنی قسمت کو کوستی کہ سارے دکھ ہم غریبوں کے ہی قسمت میں کیوں لکھ دیا گیا ہے۔ رات میں سکون سے سو بھی نہیں سکتے۔ اسے اپنی یا اپنے پتی کی فکر تو کم ہوتی کیوں کہ دونوں کو دکھ جھیلنے کی عادت سی ہو گئی تھی مگر سمتا کی چنتا اُسے زیادہ ستاتی جب وہ اسکی نیند سے بوجھل آنکھوں میں دیکھتی تو اسکا دل تڑپ اُٹھتا۔ وہ تڑپ کر سمتا کو سینے سے لگا لیتی اور گود میں سلانے کی کوشش کرتی مگر چھت سے ٹپکتے پانی کی وجہ کر اسکی نیند میں بھی خلل پڑ جاتا۔

ہزاریکا کی موت نے لکھمنیا کی زندگی میں مشکلات کا پہاڑ کھڑا کر دیا تھا۔ سب سے بڑا مسئلہ پیٹ کے تندور کو ٹھنڈا کرنے کا تھا۔ ہزاریکا زندہ تھا تو دن بھر چائے کی دکان میں سخت محنت کر کے اتنا پیسہ کما لیتا تھا کہ تینوں جون کا پیٹ بھر سکے اور تن

ڈھک سکے۔ اب لکھمنیا کے سامنے دو وقت کی روٹی کا انتظام بھی مشکل ہو گیا تھا۔ یہ سوچ کر اس کا دل بے قرار ہو اُٹھتا۔ دل کے ویرانے میں دور دور تک دھول ہی دھول اُڑنے لگتی ہے۔ گرم اور سیاہ دھول، کہیں یہ سیاہ بگولہ کسی دن اُسے بھی اپنے ساتھ نہ اُڑالے جائے۔۔۔

"ہے بھگوان ہم کا کریں۔۔۔ کہاں جائیں"۔۔ لکھمنیا رو پڑتی ہے۔۔۔۔۔"تم ہم لوگوں کو کیوں چھوڑ کر چلے گئے ہزار یکے۔۔۔ ہمرا اب کوئی دھیان دینے والا نہیں۔ ہم اس جالم دنیا سے اکیلے کہاں تک لڑ سکیں گے۔۔۔ کب تک مقابلہ کر سکیں گے۔ مرد کے بنا عورت کا جینا دوبھر ہو جاتا ہے۔۔۔" وہ روتی رہی سسکتی رہی اور اس مئلے کا حل تلاش کرتی رہی۔ بہت سوچ وچار اور غور و خوص کے بعد بالآخر وہ ایک نتیجے پر پہنچ گئی۔

دوسرے دن چائے کی دکان کے چولہے سے دھواں اُٹھنے لگا تھا۔ لکھمنیا نے ساڑی کے پلو سے اپنے پورے چہرے کو ڈھک رکھا تھا۔ کام کرتے وقت ایک ہاتھ سے آنچل پکڑ کر کام کرتی۔۔ جب چولہے میں آگ روشن ہو گئی تو اس پر دودھ گرم کرنے کے لئے چڑھا دیا اور برتن کو صاف کرنے لگی۔ تھوڑی دیر میں ہی چائے بن کر تیار تھی۔ دکان کھلی دیکھ کا اکّا دکّا گاہکوں کا آنا شروع ہو گیا تھا۔ لکھمنیا چائے بناتی۔ پکوڑے چھانتی اور سمتا گاہکوں کو پکوڑے اور چائے بڑھاتی۔ پانی بڑھاتی اور جوٹھے برتن اُٹھا کر اُسے صاف کرتی۔ دو چار دن تو لکھمنیا کو بڑا عجیب سا لگا لیکن پیٹ کا جہنم جب اپنا شعلہ اگلتا تو شرم وحیا اس آگ پر غالب آجاتی۔ ایک دو دن اُسے کئی طرح کی پریشانیوں کا سامنا کرنا پڑا۔ کوئی گاہک کم شکر کی چائے مانگتا، کوئی بغیر شکر کی، کوئی

کڑک چائے۔ کبھی کبھی وہ جھنجلا جاتی۔ اس طرح کام کرنے کی اسے عادت نہ تھی۔ پھر کبھی پکوڑے جل جاتے، کبھی کچّے رہ جاتے۔ لیکن دھیرے دھیرے اُسے سب کرنے کی عادت ہو گئی۔

فرصت کے اوقات میں لکھمنیا سمتا کی خوب سیوا کرتی۔ اپنے ہاتھوں سے نہاتی اسکے بالوں کو سنوارتی، کھانا کھلاتی اور دل کھول کر پیار کرتی۔ وہ اسکے پیار میں اس طرح کھو جاتی جیسے اب وہی اسکی زندگی کا سرمایہ ہے لیکن سمتا کی بڑھتی عمر کو دیکھ کر وہ اندر سے پریشان ہو جاتی۔ دکان میں اوباش قسم کے لڑکے جو چائے پینے کے لئے آتے وہ سمتا کو ہوس ناک نگاہوں سے نہارتے رہتے۔ کوئی پانی کا گلاس لینے کے بہانے سے اسکا ہاتھ پکڑ لیتا۔ کوئی گال میں چٹکی کاٹ لیتا کوئی گندے فقرے اُچھالتا، کوئی گانا گاتا۔۔ "آتی کیا کھنڈالا۔"

لکھمنیا خاموشی سے سب دیکھتی رہتی اور خون کے گھونٹ پیتی رہتی۔ وہ کسی کو کچھ کہہ بھی نہیں سکتی تھی۔ عورت ذات وہ بھی اکیلی۔ کس کس سے جھگڑا کرتی۔ اوباش لڑکے کچھ بھی کر سکتے تھے۔ رات میں لکھمنیا اپنی چھوٹی سی تاریک جھونپڑی میں دروازہ بند کر کے چپ چاپ فرش پر لیٹ جاتی۔ اب اُسے ہر لمحہ سمتا کی فکر ستاتی رہتی۔ اسکی عزت کا خیال دامن گیر رہتا۔ وہ بڑی ہونے لگی تھی۔ چائے کی دکان پر ہر طرح کے لوگ چائے پینے آتے تھے۔ کسی کی بُری نظر کو،کسی کی نیت کو پہچاننا آسان نہیں تھا۔ اگر کوئی اونچ نیچ ہو گئی تو وہ اپنے سور گیئے پتی کو بھگوان کے یہاں کیا منہ دکھائے گی۔ سمتا کو وہ کسی بھی طرح دکان سے دور رکھنا چاہتی تھی۔ اس نے پلٹ کر دیکھا۔ سمتا اسکے بغل میں گہری نیند سو رہی تھی۔ اس نے لرزتے ہوئے

ہاتھوں سے سمتا کے سر کو سہلایا۔ کتنی محبت اور کتنی مصیبتوں سے وہ اسکی پرورش کر رہی ہے۔ لکھمنیا کی آنکھوں سے آنسو کا ایک قطرہ بہہ گیا۔ جوانی کا خنجر بھی بے سہارا عورت کو لہولہان کر دیتا ہے۔ آج ہزاریکا موجود ہوتا تو اسے سمتا کی اتنی فکر نہ ہوتی۔ وہ دُکان سنبھالتا اور لکھمنیا سمتا کی رکھوالی کرتی لیکن بیک وقت دکان اور سمتا کو سنبھالنا اسکے بس سے باہر تھا۔ تھوڑی دیر بعد لکھمنیا نے آنسو پوچھ لیے اور سمتا کی محفوظیت کے بارے میں سوچنے لگی۔

کچھ وقفے کے بعد وہ بستر سے اُٹھ کھڑی ہوئی اور ٹاٹ کا پردا ہٹا کر دکان میں آگئی۔ چولہے میں ابھی بھی ہلکی ہلکی آنچ تھی سڑک پر آوارہ کتے بھونک رہے تھے۔ کبھی کبھی کسی سائیکل سوار یا رکشے کے گزرنے کی آواز آرہی تھی۔ وہ ایک ٹیبل پر بیٹھ گئی۔ اسکی آنکھوں سے نیند کا چلمن اُٹھ چکا تھا۔ دل میں طرح طرح کے خیال اور سوال اُبھر رہے تھے۔ لکھمنیا کی آنکھوں میں گھوم پھر کر ایک ہی شخص کی تصویر بار بار اُبھر رہی تھی۔ وہ تھی ماسٹر صاحب کی۔۔

اُن کا پورا نام رام پریکھا سنگھ تھا لیکن سبھی لوگ انہیں ماسٹر صاحب ہی کہہ کر پکارتے تھے۔ عمر کی پچاسویں سیڑھی پر قدم رکھ چکے تھے۔ ہائی اسکول میں حساب کے استاد تھے لیکن سائنس اور انگریزی کی بھی کلاس لیتے تھے۔ ویسے تو انکا پورا کنبہ پاس کے ہی ایک گاؤں سعدی پور میں رہتا تھا مگر ماسٹر صاحب کا شہر میں بھی ایک چھوٹا سا مکان تھا جہاں صبح وشام بچوں کو ٹیوشن پڑھاتے تھے۔ سنیچر کی شام کو وہ گاؤں چلے جاتے اور سمبار کی صبح میں واپس آجاتے۔ ماسٹر صاحب اسکول جانے سے پہلے اور اسکول سے لوٹنے کے بعد ہزاریکا کی چائے دکان پر ضرور رکتے۔ چائے

پیتے۔ ہزاریکا سے خیریت دریافت کرتے اور چلے جاتے۔ اسکی موت کے بعد بھی ماسٹر صاحب کے معمول میں کوئی کمی نہیں آئی تھی بلکہ لکھمنیا سے کچھ زیادہ ہی ہمدردی ہوگئی تھی۔ وہ اسکا ہر روز حوصلہ بڑھاتے۔ اسکی ہر ممکن مدد کرتے۔ لکھمنیا کو دوبارہ دکان کھولنے کے لئے ماسٹر صاحب نے ہی پانچ سو روپے دیئے تھے۔ اس لئے لکھمنیا کی سوچ کا محور ماسٹر رام پریکھا سنگھ ہی تھے۔ اگر ماسٹر صاحب سمتا کو اپنی سرپرستی میں لے لیں تو وہ سمتا کی طرف سے اطمنان ہو جائے گی۔ جب وہ اس فیصلے پر پہنچتی ہے تو قدرے اطمنان محسوس کرتی ہے اور آہستہ سے آکر بستر پر لیٹ جاتی ہے۔

دوسرے دن ماسٹر صاحب جب لکھمنیا کی دکان پر چائے پینے آئے تو وہ قدرے جھجھکتے ہوئی بولی۔۔

"ماسٹر صاحب آپ سے ایک بات کہنی ہے؟"۔۔اس وقت دکان میں اکّا دکّا گاہک ہی بیٹھ کر چائے پی رہے تھے۔ ماسٹر صاحب کو چائے کا گلاس سمتا پکڑا گئی تھی۔

"ہاں ہاں کہو"۔۔ماسٹر صاحب ذرا سا سرک کر اسکے قریب آ گئے۔

"ماسٹر صاحب ہمکو ایک چنتا بہت ستا رہی ہے۔"-----لکھمنیا نے دکان کے اندر دیکھا۔ دونوں گاہک آپسی گفتگو میں مہنمک تھے۔

کیسی چنتا لکھمنیا۔۔۔بتاؤ۔۔۔ اگر ہمارے بس میں ہو گا تو ہم ضرور اُس چنتا کو دور کرنے کی کوشش کرینگے"۔۔ماسٹر صاحب نے چائے کی ایک بڑی سی گھونٹ لی۔

"ماسٹر صاحب ہمکو سمتا کی چنتا ہے۔ وہ بڑی ہو رہی ہے۔ لچّی لفنگے لڑکے چائے پینے کے بہانے دکان میں آکر اسے بُری نظر سے دیکھتے ہیں اور چھیڑتے ہیں"۔۔ لکھمنیا نے دھیمی آواز میں کہا۔ مگر سمتا جو اسکے پاس اب آکر کھڑی ہو گئی تھی، اس نے ماں کی بات سن لی تھی۔ اس نے ایک نظر ماں کی طرف کی تو دوسری نظر ماسٹر صاحب پر ڈالی کہ اس وشے پر ماسٹر صاحب کیا بولتے ہیں۔ ماسٹر صاحب کچھ پل رُک کر بولے۔۔

"یہ تو واقعی بہت چنتا کی بات ہے"۔۔ انہوں نے سمتا کی طرف دیکھا۔ واقعی وہ بڑی ہونے لگی تھی۔۔ پھر انہوں نے لکھمنیا کی طرف دیکھ کر کہا۔۔ "آخر تم نے اس سمسیا کا حل کچھ نہ کچھ تو سوچا ہو گا۔ تم بتاؤ تو میں بھی اپنا کچھ مشورہ دوں۔"

"ماسٹر صاحب ہمرے دماگ میں تو ایک ہی اُپائے ہے۔۔۔ وہ ای ہے کہ آپ سمتا کا اپنے اسکول میں نام لکھوا دیں تو دن بھر اسکول میں رہے گی دکان کے ماحول سے دور۔ اس کا سمے بھی کٹ جائے گا اور کچھ پڑھ لکھ بھی جائے گی۔"

ماسٹر صاحب کچھ دیر تک تمام پہلو پر غور کرنے لگتے ہیں۔ اس لئے خاموش ہو جاتے ہیں۔ لکھمنیا کو ماسٹر صاحب کے جواب کا انتظار تھا اور سمتا کو لگ رہا تھا کہیں ماسٹر صاحب منع نہ کر دیں۔ جب ماسٹر صاحب کافی دیر خاموش رہتے ہیں تو لکھمنیا پھر بولتی ہے۔۔

"ماسٹر صاحب کا ای ممکن نہیں ہے۔"

ماسٹر صاحب ایک لمبی سانس لے کر پہلے لکھمنیا کو دیکھتے ہیں پھر سمتا کو۔۔

"دیکھو لکھمنیا سمتا کی عمر اب بچوں والی نہیں رہی لیکن میرا ماننا ہے کہ پڑھنے

لکھنے کی کوئی عمر نہیں ہوتی۔ سب سے پہلا مسئلہ تو اسکول میں داخلے کا ہے کہ اسے کس کلاس میں داخلہ کرایا جائے گا۔ پھر بھی میں کوشش کروں گا کہ اسکا داخلہ ہو جائے لیکن اسے بہت محنت کرنی پڑے گی تبھی جا کر اپنی عمر کے حساب سے کلاس پائے گی ورنہ چھوٹے بچوں میں بیٹھ کر پڑھنے سے احساس کمتری میں مبتلا ہو جائے گی۔"

"ماسٹر صاحب آپ چاہیں تو کچھ بھی ناممکن نہں۔ گھر پر آپ بچوں کو ٹیوشن پڑھاتے ہیں اگر ایک گھنٹہ سمتا کو بھی سمے دے دیں تو وہ ضرور پڑھ لے گی۔ آپ کی جو فیس ہے۔۔۔ حالانکہ میں دینے کے لائق نہیں ہوں پھر بھی اپنا پیٹ کاٹ کر کچھ تو دے ہی دوں گی"۔

"پیسے کی کوئی بات نہیں ہے لکھمنیا میں پہلے ہیڈ ماسٹر صاحب سے بات کر کے دیکھتا ہوں۔ اگر وہ تیار ہو گئے تو کل ہی میں داخلہ کرا دونگا"۔۔ ماسٹر صاحب نے چائے کا گلاس سمتا کو پکڑا دیا۔

"ماسٹر صاحب گریب کی بیٹی ہے اگر کچھ پڑھ لکھ جائے گی تو میں دعا ہی دوں گی۔ اس نے بیسن سے سنے دونوں ہاتھ جوڑ لئے۔

"لکھمنیا میں ہر ممکن کوشش کروں گا سمتا پڑھ لکھ لے۔ اچھا اب چلتا ہوں۔ شام کو اسکے بارے میں بتاؤں گا۔"

ماسٹر صاحب کے اشواسن سے لکھمنیا کو اطمنان ہو جاتا ہے۔ لیکن سمتا کے چہرے پر پرسنتا کے پھول کھل جاتے ہیں۔ سمتا چاہتی تھی کہ وہ بھی اسکول دیکھے، دوسرے بچوں کی طرح پڑھے لکھے۔ اسکول کا یونیفورم پہنے اپنے کندھے پر اسکول کا بستہ اُٹھائے اور خوب دل لگا کر پڑھے۔ اس نے من ہی من میں سوچ لیا کہ وہ

خوب دل لگا کر پڑھے گی اور اپنی عمر کی جماعت میں جلد پہنچ جائے گی۔

ماسٹر رام پریکھا سنگھ کی انتھک کوششوں سے سمتا کا داخلہ اسکول میں ہو گیا۔ اب وہ اسکول جانے لگی۔ ماسٹر صاحب اسکول جانے سے قبل جب لکھمنیا کی دکان پر چائے پینے آتے سمتا اسکول جانے کے لئے تیار ملتی۔ وہ اسے ساتھ اسکول لے جاتے اور شام کو اسکول سے لوٹتے وقت چھوڑ جاتے۔ سمتا کھاپی کر کچھ دیر کے بعد ماسٹر صاحب کے گھر چلی جاتی۔ ماسٹر صاحب اسکول کا ہوم ورک کروا دیتے سبق بھی یاد کرا دیتے اور خود اُسے گھر تک چھوڑنے آتے۔

لکھمنیا اب خوش تھی کہ اسکی بیٹی محفوظ ہے۔ صبح سے لے کر شام تک اس ماحول سے الگ رہتی ہے اس لئے اب کوئی اس پر بُری نظر بھی نہیں ڈالتا۔ اوباش قسم کے لڑکے جو صرف سمتا کے لئے چائے پینے آتے تھے اب آنا بند کر دیا تھا۔ سمتا کا دکان میں نہ رہنے سے لکھمنیا کے اوپر کام کا بوجھ بڑھ گیا تھا۔ اب وہ چائے پکوڑے بھی بناتی۔ گاہکوں کو بھی بڑھاتی برتن بھی صاف کرتی۔ مگر اسکے چہرے پر ذرا بھی پریشانی کی لکیر نہیں اُبھرتی بلکہ خوشی کا تیج چمکتا نظر آتا کہ سمتا اب محفوظ ہے اگر وہ کچھ پڑھ لکھ جائے گی تو چائے کی دکان میں نہیں بیٹھے گی بلکہ کوئی اچھا کام کرے گی۔ پڑھ لکھ جانے کی وجہہ کر اسے اچھاور بھی مل جائے گا۔

سورج ڈوب چکا ہے۔ چاروں سمت دھندلکا دم بہ دم گہرا ہوتا جا رہا ہے۔ لکھمنیا دکان بند کر کے آرام سے اپنے دونوں پاؤں پھیلائے بیٹھی ہے۔ وہ بے فکر ہو کر اطمنان کی سانس لے رہی ہے۔ اب اسکے سیاہ بالوں میں چاندی کے ایک دو تار نظر آنے لگے ہیں اور ادھر سمتا پر چپکے چپکے دبے پاؤں جوانی دستک دے رہی ہے۔ سمتا

کے جسم کے نقش و نگار اُبھر آئے ہیں۔ اُسکے کانوں میں اب انجان سی سر گوشیاں سنائی دینے لگی ہیں۔ آنکھوں میں ایک عجیب سی چمک نمودار ہونے لگی ہے۔ بدن سے باس اُٹھنے لگا ہے لیکن وہ پڑھنے لکھنے میں ذرا بھی غفلت نہیں برتتی ہے۔ دل لگا کر محنت سے پڑھائی کرتی ہر روز ماں کو طرح طرح کی کہانیاں سناتی۔ انگریزی کے الفاظ بولتی تو لکھمنیا آواک سی اسکا منہہ تکتی۔ کبھی ہندی کے بھاری بھر کم الفاظ استعمال کرتی تو لکھمنیا کی سمجھ میں کچھ نہیں آتا لیکن وہ دل ہی دل میں خوش ہوتی کہ اسکی بیٹی من لگا کر پڑھ رہی ہے اور ماسٹر صاحب کی بے حد شکور ہوتی کہ انہوں نے سمتا کو اس لائق بنا دیا کہ اسکے طور طریقے، بول چال، رہن سہن سب میں تبدیلی آگئی ہے۔ وہ بات بات پر ماں کو ٹوکتی کہ ماں ایسے بیٹھو، ایسے بولو، ایسے کھاؤ، لکھمنیا ہنس دیتی۔۔

"بیٹی اب نہیں بدل سکتی۔ بچپن سے ہمکو ایسا ہی سنسکار ملا ہے۔ تو نئے زمانے کی پڑھی لکھی لڑکی ہے تیرے سنسکار بدل جائیں گے۔"

"سمتا تنک کر کہتی۔۔ماں سنسکار بدلنے کے لئے عمر کی کوئی سیما نہیں ہوتی۔ مجھے دیکھو میں نے کتنی زیادہ عمر میں پڑھنا لکھنا شروع کیا اور کتنی جلدی سب کچھ سیکھ گئی۔"

"لیکن بیٹی اس میں تیرے ماسٹر صاحب کا بڑا ہاتھ ہے۔ جنہوں نے تجھے محنت سے پڑھایا، لکھایا اور تجھے اس قابل بنایا۔"۔۔ لکھمنیا کے چہرے سے خوشی پھوٹ رہی تھی۔

"ماں واقعی ماسٹر صاحب بہت اچھے ہیں۔ وہ اس طرح پڑھاتے ہیں کہ ہر بات

دماغ میں کمپیوٹر کی طرح فٹ ہو جاتی ہے۔"۔۔ سمتا کے چہرے پر تیج تھا۔

"بھگوان کرے تو پڑھ لکھ کر کچھ بن جائے تو میری تپسیا پوری ہو جائے"۔

"ماں میں کچھ بن کر ضرور دیکھاؤں گی۔"۔۔ سمتا نے مٹھی باندھ کر ہوا میں لہرایا۔

"بھگوان کرے ایسا ہی ہو۔"۔۔ لکھمنیا اُٹھ کر بستر لگانے لگی۔

لکھمنیا اب بے حد خوش تھی کہ وہ سمتا کو چائے کی دکان کے ماحول سے الگ رکھ کر ایک اچھا شہری بنا رہی ہے۔ لکھمنیا حسب اوقات اسکی ہر خواہش کی تکمیل کرتی۔ کتاب، کاپی، کپڑا۔ لیکن ماسٹر صاحب بھی کم مدد نہیں کرتے اچھی اچھی کتابیں خرید کر دیتے مہنگی کتابیں اپنے گھر سے دیتے۔ کچھ کتابیں لائبریری سے دلوا دیتے۔ اس طرح سمتا کے حصول تعلیم میں کوئی دشواری پیش نہیں آرہی تھی۔

لکھمنیا کئی دن سے دیکھ رہی تھی دو پولس والے اکثر رات میں اسکی دکان پر چائے پینے آتے اور کافی دیر تک کھڑے رہ کر ادھر اُدھر کی باتیں کرتے رہتے یہ دونوں قریب کے تھانے کے سپاہی تھے۔ دونوں کی نظریں دکان کے اندر بنی جھونپڑی کی طرف ہوتی۔ پہلے تو لکھمنیا سمجھ نہیں پائی کہ یہ پولس والے جھونپڑی کے اندر کیا تلاش کرتے ہیں لیکن آج تو حد ہو گئی۔ چائے پینے کے درمیان دونوں پولس والے سرگوشی کے انداز میں باتیں کر رہے تھے۔ ایک پولس والا جھونپڑی کے اندر جھانکتے ہوئے دھیرے سے بولا۔۔

"آج کل اسکی چھوکریا نظر نہیں آتی ہے۔ لگتا ہے کسی دھندے پر لگا دیا ہے۔"

دوسرا پولس والا بھی اندر جھانکا۔۔

"ارے یہ لوگ اور کس دھندے پر لگائے گی۔ زیادہ پیسہ کمانے کا بس ایک ہی دھندا ہے۔"

"تو کا ہمکو بھی پیسہ دینا پڑیگا ہیرالال"

"نہیں بنسی تو بھی کا بات کرتا ہے۔ اسکو دکان یہاں رکھنا ہے کہ نہیں۔ رات میں گشت لگانے کے درمیان موقع دیکھتے ہی اندر گھس جائیں گے۔ بس کام تمام"۔

دونوں پولس والے چائے پی کر وہاں سے چلے گئے۔ لکھمنیا جوان لوگوں کی گفتگو پر ہی کان لگائے تھی جہاں تہاں سے کچھ الفاظ اسکی سمجھ میں آیا تھا مگر آخری جملہ چونکہ کچھ زور سے کہا گیا تھا اس لئے اس جملے کو سن کر اندر تک کانپ گئی۔ بات اسکی سمجھ میں آگئی تھی کہ دونوں پولس والے سمتا کے بارے میں باتیں کر رہے تھے اور دونوں کی نیت ٹھیک نہیں تھی۔ یہ پولس والے کچھ بھی کر سکتے ہیں۔ اگر کسی رات جھونپڑی کے اندر گھس گئے تو وہ اکیلی جان کیا کر پائے گی۔ اسکی عزت تو جائے گی ہی سمتا کی بھی عزت لٹ جائے گی۔ پولس والے کا خوف اسکے اندر سرایت کر گیا تھا۔ وہ سمتا کے تحفظ کے بارے میں سنجیدگی سے سوچنے لگی تھی سوچتے سوچتے بالآخر وہ اس نتیجے پر پہنچی کہ ماسٹر صاحب کا مکان ہی سب سے زیادہ محفوظ ہے۔ وہ ماسٹر صاحب کو کہے گی کہ سمتا کو اپنے گھر میں ہی کسی کونے میں جگہ دے دیں جہاں وہ رات گزار سکے۔ اُسے اب اپنے ساتھ رکھنا خطرے سے خالی نہیں ہے۔۔ یہ سوچ کر وہ قدرے اطمنان محسوس کرتی ہے چائے کی دکان جلدی جلدی بند کرتی ہے حالانکہ ابھی ساڑھے آٹھ ہی بجے تھے۔ روزانہ وہ نو بجے دکان بند

کرتی تھی۔ سمتا کے آنے کا وقت بھی وہی تھا۔ وہ یہ سوچ کر دکان جلد بند کر دی کہ آج ہی سے وہ سمتا کو ماسٹر صاحب کے گھر میں رہنے کا انتظام کر دے گی۔ دکان بند کر کے وہ ماسٹر صاحب کے گھر کی طرف چل پڑی۔

ماسٹر صاحب کا گھر باہر سے کھلا ہوا تھا۔ لکھمنیا اندر داخل ہو گئی۔ صحن سے ہوتے ہوئے ماسٹر صاحب کے کمرہ تک وہ پہنچ گئی۔ کمرہ کا دروازہ بھی کھلا ہوا تھا۔ اس نے پردہ ہٹا کر جیسے ہی کمرہ میں قدم رکھا اندر کا منظر دیکھ کر اس پر سکتہ طاری ہو گیا گویا کاٹو تو بدن میں لہو نہیں۔ ذہن ماؤف اور ہاتھ پاؤں جیسے شل ہو گئے ہوں۔ اس نے دیکھا۔

سمتا اور ماسٹر صاحب ادھ ننگے ایک ہی بستر پر سوئے ایک الگ ہی پاٹھ پڑھ رہے تھے۔

٭٭٭

۹

گھر واپسی

رحمان اور سلمان کی گھر واپسی ہو گئی یعنی مسلمان سے ہندو ہو گئے۔ اب ان کا نام رامانند اور ستیندر رکھا گیا۔ ایک مذہبی تقریب میں اگنی کے سامنے دونوں کو بیٹھا کر اشلوک پڑھائے گئے۔ گنگا جل کا چھڑکاؤ کیا گیا۔ ماتھے پر تلک لگایا گیا اور پرساد کھلائے گئے۔ یہ سب ایک دن میں نہیں ہوا تھا۔ رحمان اور سلمان جس علاقے میں رہتے تھے۔ وہاں زیادہ تر ہندوؤں کے مکانات تھے۔ صرف دو گھر ان لوگوں کا تھا۔ وہ بھی معمولی چھپر ڈال کر ایک آشیانہ بنالیا گیا تھا۔ ٹین کا دروازہ تھا جو کھلنے کے ساتھ ہی ایسی آواز پیدا کرتا کہ آس پاس کے لوگ چونک جاتے۔ رحمان اور سلمان کبھی رکشہ چلاتے' کبھی مزدوری کرتے' کبھی کسی کے یہاں شادی بیاہ میں کام کرتے۔ اس طرح دو وقت کی روٹی کا انتظام ہو جاتا۔ رحمان کو صرف دو بیٹا تھا اور سلمان کی دو بیٹیاں۔ یہ لوگ کسی طرح زندگی کی گاڑی کو کھینچ رہے تھے۔

گھر واپسی ایک دو دن کی کوشش کا نتیجہ نہیں تھا۔ شہر کے سوامی دواریکا پرساد کی انتھک کوشش کا نتیجہ تھا۔ وہ اکثر رحمان اور سلمان کے گھر آتا اور کہتا ذرا سوچو ہندوستان میں مسلمان کہاں سے آئے۔ پہلے سب ہندو تھے۔ انہیں زبردستی

مسلمان بنایا گیا۔ سات سو سال تک مغلوں کی دور حکومت میں نہ جانے کتنے ہندوؤں کو مسلمان بنادیا گیا۔ تمہارے بھی پُروج پہلے ہندو تھے۔ انہیں کسی طرح مسلمان بنایا گیا۔ اس لئے اب تم لوگ اپنے گھر واپس ہو جاؤ اور ہندو دھرم اختیار کرو۔ یہی تمہارا دھرم ہے۔ تم سناتن دھرم کے ماننے والے ہو۔ تمہارے خون میں ہندو کا خون ہے۔ اگر تم ہندو ہو جاؤ گے تو ہمارے دیوی دیوتا تمہیں سورگ میں لے جائیں گے نہیں تو نرک میں دھکیل دیئے جاؤ گے۔

رحمان اور سلمان کو کچھ سمجھ میں نہیں آتا کہ دواریکا پرسار کیا کہہ رہا ہے۔ وہ پڑھا لکھا تھا نہیں جو دونوں مذاہب کے فرق کو سمجھ پاتا۔ قرآن باقاعدہ پڑھا نہیں تھا۔ صرف دو چار آئتیں کسی طرح رٹ لیں تھیں اور جمعہ کے دن آذان ہوتے ہی مسجد میں داخل ہو جاتا اور پہلی صف میں جاکر بیٹھ جاتا۔ اس نے سن رکھا تھا جو آگے کی صف میں نماز پڑھتا ہے۔ خدا اس پر خاص مہربانی عنایت کرتا ہے۔

خدا کی ان پر خاص عنایت ہوئی یا نہیں۔ وہ آج تک نہیں سمجھ پایا لیکن نماز سے فارغ ہو کر جب مسجد سے باہر نکلتا' اپنے اندر قدرے سکون محسوس کرتا۔ چار خانے کی لنگی' گھٹنے تک کرتا اور سر پر دوپلّی ٹوپی یہ لباس صرف جمعہ کے دن ہی وہ زیب تن کرتے۔ جمعہ کے دن یہ لوگ کام پر نہیں جاتے' صبح سے ہی نماز کی تیاری میں لگ جاتے۔ رگڑ رگڑ کر بدن کے میل کو صاف کرتے۔ دیر تک نہاتے رہتے اور خوشبو' سرمہ لگا کر مسجد کی طرف چل پڑتے۔

گھر واپسی کے بعد اس کے گھر لوگوں کی آمد ورفت میں اضافہ ہو گیا۔ کوئی مٹھائی لے کر آتا' کوئی پرساد لے کر' کوئی کپڑے لے کر اور کوئی سو دو سو روپۓ ان

کی ہتھیلی پر رکھ جاتا۔ اب ان کی بیویوں کا نام گنگا اور شکنتلا ہو گیا تھا۔ اس طرح دونوں بیٹوں کا نام امریندر اور دھرمندر ہو گیا اور بیٹیوں کے نام رکمنی اور رادھا طے پایا۔ دواریکا پرساد پابندی سے ان کے گھر آتا۔ اندرا آواس یوجنا کے تحت اب اس کا گھر پختہ ہو گیا تھا۔ سرکاری نل لگ گئے تھے۔ چاروں بچوں کا سرسوتی شیشو نکیتن میں داخلہ ہو گیا تھا۔ جہاں کتاب کاپی' بستہ کے ساتھ یونی فارم بھی مفت مل گئے تھے۔ راشن کارڈ' لال کارڈ سب بن گئے۔ راشن کم قیمت پر ملنے لگے اور تمام سرکاری مراعات حاصل ہونے لگی۔ دونوں کے دن خوشحال اور زندگی بہتر ہو گئی۔ اب دونوں بھائیوں کو الکٹرانک رکشہ بھی مل گیا تھا۔ جس سے آمدنی میں مزید اضافہ ہو گیا تھا اور گھر میں آرام و آرائش کی چیزیں دھیرے دھیرے اپنی جگہ بنانے لگیں۔ اس کے باوجود اس محلے کا کوئی بھی ہندو اس کے گھر نہیں آتا اور نہ ہی اسے اپنے گھر بلاتا۔ شادی بیاہ یا کسی خاص تقریب میں دونوں کو دعوت نہیں دی جاتی۔ البتہ جب محلے میں رام کتھا یا گیتا کا پاٹھ ہوتا۔ محلے کی عورتیں گنگا اور شکنتلا کو بلا کر لے جاتیں۔ پاٹھ کے بعد پرساد لے کر گھر آجاتیں۔ ہولی میں لوگ ان کے گھر آکر گلال ابیر لگا جاتے۔ کھانے کا سامان دے جاتے۔ دسہرا میں محلے کی لڑکیاں رکمنی اور رادھا کو راون ودھ دکھانے ضرور لے جاتیں۔

راما نند اور ستیندر جب کبھی آذان کی آواز سنتے۔ ان کے کان کھڑے ہو جاتے۔ ایسا لگتا کوئی مسجد کی طرف بلا رہا ہے اور پیش امام کی آواز اس کے کانوں سے ٹکراتی۔

"خدا نے فرمایا ہے' کافر جہنم میں جائیں گے اور مسلمانوں کے لئے کہا گیا ہے

کہ جب ان کی موت ایمان پر ہو گی تو ان کے سارے گناہوں کو معاف کر دیا جائے گا اور جب تک حضرت محمدؐ اپنی امت کو جنت میں داخل نہیں کروائیں گے خود جنت میں نہیں جائیں گے۔"

دونوں کے رونگٹے کھڑے ہو جاتے۔ جمعہ کے دن دونوں اپنے اندر ایک بیکلی' بے چینی سی محسوس کرتے۔ انہیں لگتا جیسے کچھ چھوٹ سا گیا ہے' کچھ ٹوٹ سا گیا ہے' کچھ بکھر سا گیا ہے لیکن جب موجودہ صورتحال کو دیکھتے تو لگتا آج ان کے پاس ایک بہتر زندگی ہے' ایک بہتر مستقبل۔

وقت پنکھ لگا کر اڑتا رہتا ہے۔ امریندر اور دھرمیندر کالج کی تعلیم حاصل کر کے نوکری کے لئے تگ و دو کرنے لگے۔ رکمنی اور رادھا کالج میں زیر تعلیم تھیں۔ دواریکا پرساد اکثر و بیشتر آتا رہتا اور سیاسی مٹینگوں یا مذہبی تقریب میں انہیں ساتھ لے جاتا اور وہاں موجود لوگوں سے ملاتا کہ دیکھو کس طرح ان کی گھر واپسی ہو گئی ہے۔

ستیندر کو اب اپنی بیٹی کی شادی کی فکر ستانے لگی۔ وہ رشتہ لے کر کئی ہندو گھرانے میں گیا لیکن سب نے انکار کر دیا کہ تمہاری برادری کیا ہے۔ تمہاا گوتر کیا ہے۔ اس کا جواب اس کے پاس نہیں تھا۔ وہ اپنے آپ کو کس گوتر کا بتاتا۔ تھک ہار کر وہ دواریکا پرساد سے ملا کہ رکمنی کی شادی کیسے ہو گی۔ کوئی بھی ہندو یہاں تک کہ ہریجن بھی شادی کرنے کو تیار نہیں ہے۔

دواریکا پرساد نے سمجھایا۔ گھبرانے کی کوئی ضرورت نہیں۔ دیکھتے ہیں کہ کہاں

کہاں لوگ مسلمان سے ہندو ہوئے ہیں۔ ان ہی میں سے کسی لڑکے سے تمہاری بیٹی کی شادی کروادوں گا لیکن کئی سال گزر جانے کے بعد بھی وہ کوئی رشتہ لے کر نہیں آیا۔ اتنے سالوں میں رامانند کے دونوں بیٹے نوکری حاصل کرنے میں کامیاب ہو گئے تھے۔ اب رامانند کو بھی اپنے بیٹے کی شادی کی فکر ستانے لگی۔ وہ بھی کئی جگہ رشتہ لے کر گیا لیکن سبھی نے منع کر دیا۔ سبھی گوتر کی بات کرتے اور ان دونوں کی سمجھ میں نہیں آرہا تھا کہ وہ کس گوتر کا بتائیں۔ وہ خود کو برادری کے کس خانے میں رکھیں۔ سورن ذات میں یا ہریجن ذات میں۔

وقت رکنے کا کب نام لیتا ہے۔ دونوں بھائی تھک ہار کر ایک دن سر جوڑ کر اس مسئلے پر غور و فکر کے لئے بیٹھ گئے۔ ستیندر نے رامانند سے کہا۔۔

"بھیا! میرے نزدیک اس مسئلے کا ایک ہی حل نظر آتا ہے۔"

"وہ کیا؟"

"امریندر کے ساتھ رکمنی کی شادی کر دی جائے۔"

"یہ کیا کہہ رہے ہو۔ ہندو ریتی رواج کے مطابق دور کے بھائی بہنوں میں بھی شادی نہیں ہو سکتی۔ یہ لوگ تو چچیرے بھائی بہن ہیں۔"

"لیکن اس کے علاوہ کوئی حل نظر نہیں آرہا ہے۔"

"لوگ کیا کہیں گے کہ بھائی بہن میں شادی کر دی۔ دھرم کا تو خیال رکھنا ہی پڑے گا۔"

"لیکن دھرم والے ہمارا کہاں خیال رکھ رہے ہیں۔ آپ کا بیٹا برسر روزگار ہے 'میری بیٹی پڑھی لکھی سندر ہے لیکن کوئی بھی شادی کرنے کو تیار نہیں۔"

راما نند خاموش ہو گیا۔ کافی دیر تک سوچتا رہا اور آخر میں اس نتیجے پر پہنچا کہ اس مسئلے کا صرف اور صرف یہی حل ہے اور امریندر کی شادی رکمنی کے ساتھ ہو گئی۔ اس نے محلے کے تمام لوگوں کو دعوت دی۔ سبھی نے یہ کہہ کر منع کر دیا کہ بھلا بھائی بہن میں بھی شادی ہوتی ہے۔ ہم لوگ ایسی شادی میں شرکت نہیں کریں گے۔ تھک ہار کر راما نند اپنے پرانے مسلم دوستوں کو دعوت دی۔ سبھی شادی میں بڑھ چڑھ کر حصہ لیا۔ شادی بہ حسن خوبی انجام پا گئی۔ رکمنی ایک گھر سے نکل کر بغل والے گھر میں اپنے چچا کے گھر آ گئی۔ سب کچھ دیکھا بھالا 'سوچا سمجھا' جانا پہچانا کچھ بھی تو نیا نہیں تھا۔ اس گھر میں تو اس کے بچپن گزرے تھے۔

پہلی رات جب امریندر رکمنی کے کمرے میں آیا تو دیکھا۔ وہ زار و قطار رو رہی ہے۔ اس نے رونے کا سبب پوچھا تو رکمنی نے صرف اتنا کہا۔۔

"اس طرح کی شادی تو مسلمانوں میں ہوتی ہے بھیا۔"

پیاسی ہے زمیں 'پیاسا آسماں

دروازہ کھولتے ہی نشی اپنی نوکرانی منکی پر برس پڑی۔۔

"یہ کوئی آنے کا وقت ہے۔ بچوں کو اسکول جانا ہے۔ صاحب کو دفتر اور مجھے کالج۔ میں ادھر دیکھ رہی ہوں تمہارے اوپر چربی کچھ زیادہ ہی چڑھ گئی ہے۔ دیکھو اگر کام کرنا ہے تو صبح چھ بجے آ جاؤ' نہیں تو کام چھوڑ دو۔ بہت کام کرنے والی مل جائے گی۔"

"مالکن کا بتاؤں۔ میرا آدمی روج دارو پی کر آتا ہے اور رات بھر گالی گلوج 'مار پیٹ کرتا رہتا ہے۔ اِسی واسطے جرا بھور میں آنکھ لگ جانے کے کارن دیر ہو جاتی

ہے۔۔" منکی اپنی صفائی پیش کرتی ہے۔

"دیکھو وہ ہم نہیں جانتے کہ تمہارے گھر میں کیا ہوتا ہے' ہم کو تو اپنا کام چاہئے۔ تمہیں ہر مہینے دو سو روپیہ دیتے ہیں' کھانا دیتے ہیں پھر کام بھی مجھے پورا چاہئے۔۔" نشی کی آج تیوری چڑھی ہوئی تھی۔

"ٹھیک ہے مالکن اب وکت پر آئیں گے"۔۔ منکی خاموش رہنا ہی بہتر سمجھی۔

"اچھا جاؤ اور جلدی جلدی سارا کام نپٹاؤ۔"

"جی مالکن!"

ابھی نشی پلٹ کر دوسرے کمرے کا رُخ کرنے ہی والی تھی کہ اُس کے شوہر راجیش نے بغل والے کمرے سے آواز دی۔۔

"نشی!"

"جی ابھی آئی"۔۔ نشی راجیش کے کمرہ میں پہنچ گئی۔

"ذرا دیکھو تو میری ٹائی کہاں ہے"۔۔ راجیش رومال سے چشمے کو صاف کرتا ہوا بولا۔

"وہ تو سوٹ کے ساتھ ہی تھی"۔۔ نشی وارڈروپ کھولتی ہے اور تلاش کرنے لگتی ہے۔

"یہ رہی اِدھر گری ہوئی تھی۔"

راجیش شیشے کے سامنے کھڑا ہو کر ٹائی باندھتا ہے۔۔

"آج دفتر میں ایک میٹنگ ہے اس لئے دیر سے لوٹوں گا۔"

"اور بچے؟"

"بچوں کو تم گاڑی سے لے لینا"۔۔ راجیش بریف کیس اُٹھاتا ہوا باہر نکل جاتا ہے۔

راجیش ایک کمپنی میں مینجر ہے اور نشی ایک کالج میں لکچرر۔ اُن کے دو بچے بھی ہیں۔

منکی کے وقت کا سورج بوڑھا ہو چلا تھا۔ وہ وقت کے سورج کی تیز دھوپ میں برسوں سے تپ رہی تھی۔ اُس کی زندگی میں کوئی درخت سایہ دار نہ تھا۔ اس کا شوہر کاروا ایک تاڑ کے درخت کی مانند تھا جو کسی کو سایہ نہیں دیتا۔ وہ دن بھر اِدھر اُدھر چھوٹے موٹے کام کرتا اور شام کو لوٹتا تو دارو کی دُکان پر ضرور جاتا۔ دارو پیتا اور گھر لوٹ کر منکی کو مارتا پیٹتا۔ کبھی منکی کا لایا ہوا کھانا کھا کر یا کبھی بغیر کھائے ہی سو جاتا۔ منکی اوّل تو دن بھر نشی کے یہاں کام کرتی' پھر رات کو شوہر کی اذیّت سہتی !۔۔ اُس کے دو بچے تھے ایک سات سال کی بیٹی پارو اور ایک بیٹا جو ایک سال کا ہو گیا تھا۔۔ منکی صبح اُٹھتے ہی نشی کے گھر کام کے لئے چلی جاتی تب اُس کی بیٹی پارو ہی اُس بچے کی دن بھر دیکھ بھال کرتی۔ آدھا کیلو دودھ گوالہ دے جاتا جس میں کچھ پانی ملا کر دن بھر پلاتی رہتی۔ منکی رات کا بچا ہوا باسی کھانا جو چھوڑ جاتی اُسے کھا کر گزارہ کرتی۔ پھر رات کو ماں کھانا لے کر لوٹتی تو کھاتی اور سو جاتی۔

دوپہر کے دو بج رہے تھے۔ منکی اپنے کام میں مشغول تھی۔ نشی صوفے پر بیٹھی کوئی رسالہ پڑھ رہی تھی۔ آج اس کی کلاس نہیں تھی۔ راجیش دفتر گیا ہوا تھا اور بچے اسکول۔ اسی پل پارو بلکتی ہوئی بچے کو لے کر گھر میں داخل ہوئی اور سیدھے ماں کے پاس پہنچ گئی۔ وہ پہلے بھی کئی دفعہ ماں کے ہمراہ اس گھر میں آچکی تھی۔ منکی

اپنے بچے کی آواز پہچان گئی اور کچن سے باہر آئی۔۔

"کیا ہوا پارو؟"

"ماں آج دودھ والا نہیں آیا۔ ببوا صبح سے رو رہا ہے۔"

"اوہ! اُس گوالہ پر آپھت ٹوٹے۔ بچے کا بھی کھیال نہیں کرتا۔ اب کیا کریں۔"

منکی بچے کو گود میں لے کر چھاتی سے لگا لیتی ہے اور اپنا دودھ پلانے کی کوشش کرتی ہے مگر اُس کی چھاتی میں بھی دودھ نہیں اُتر رہا تھا۔ وہ کھاتی ہی کیا تھی۔ بس دوپہر کا کھانا۔ رات کے کھانے میں تو اُس کی بیٹی اور اُس کا شوہر بھی شریک ہو جاتا۔ بس دو ایک نوالہ کھا کر ہی رہ جاتی۔۔ اُس کا بچہ کسی صورت نہیں بہلتا ہے۔ وہ روتا ہی جاتا ہے۔ منکی پریشان ہو جاتی ہے کہ کیا کرے۔ اُس کے پاس پیسے بھی نہیں تھے کہ دودھ خرید کر بچے کو پلا سکے' وہ تڑپ اُٹھتی ہے۔ بالآخر وہ نشی کے پاس جاتی ہے۔۔

"مالکن میرا بچہ بھوک سے بلک رہا ہے۔ آج دودھ والا نہیں آیا ہے۔ تھوڑا سا دودھ دے دیجئے۔ آپ کی بڑی کرپا ہو گی۔"

نشی منکی کو بہ غور دیکھتی ہے۔

"منکی تم تو جانتی ہو کہ میرے یہاں فاضل دودھ نہیں آتا۔ اتنا ہی آتا ہے جتنا خرچ ہوتا ہے۔ اب تم ہی بتاؤ میں کہاں سے دوں۔"

"مالکن آپ دیکھئے نا تھوڑا بہت اس بچے کے لئے نکل ہی آئے گا۔"

"کہہ دیا نا' نہیں ہے۔ تم خواہ مخواہ ضد کر رہی ہو"۔۔ نشی نے ناگواری سے کہا۔ منکی نے خاموشی میں ہی بہتری سمجھی مگر بچہ کے لئے کچھ کرنا بھی تھا' وہ نشی سے

بولی۔۔

"مالکن ہم ابھی گھر جاتے ہیں۔ بوا کے لئے دودھ کا انتجام کریں گے۔ واپس آکر باکی کام نپٹالیں گے"۔۔ اور وہ نشی کا جواب سُنے بغیر ہی باہر نکل گئ۔

صبح صادق کی پہلی کرن جب مندروں کے کلس پر پڑی تو جیسے دھوپ نے گنیش جی کی مورتی کو پیاس کا احساس شدت سے دلایا۔ اُن کے ہونٹ سوکھے دکھائی دیئے تو بھگتوں سے دیکھا نہ گیا۔ وہ سب دودھ کا گلاس لے لے کر ایسے دوڑے جیسے واقعی گنیش جی صدیوں سے پیاسے ہیں اور آج وہ اپنی ساری پیاس بجھا کر ہی دم لیں گے۔ لوگوں کا تانتا بندھ گیا۔ گنیش جی کے ہر مندر میں بھگتوں کی لائین لگ گئیں۔

جب یہ خبر نشی تک پہنچی تو وہ بھی دودھ کا گلاس لے کر مندر دوڑی۔ راجیش ابھی تک سویا ہوا تھا۔ نشی دودھ پلا کر لوٹی تو راجیش کو جھنجھوڑ کر جگایا۔

"تم ابھی تک سو رہے ہو۔ یہاں چمتکار ہو گیا۔ گنیش جی دھرتی پر اُتر آئے ہیں اور دودھ پی رہے ہیں۔"

راجیش جاگ گیا۔۔'

"کیا بکتی ہو؟"

"ارے اُٹھو تو گنیش جی دودھ پی رہے ہیں' جاؤ تم بھی جا کر پلا آؤ۔"

"ایسا نہیں ہو سکتا۔ یہ تمہارا وہم ہے یا کسی کی سیاست ہو گی۔"

"میں سچ کہہ رہی ہوں۔ آپ کو یقین نہیں آتا تو خود پلا کر دیکھ لیجئے"۔۔ نشی راجیش کو یقین دلانا چاہتی ہے۔

"چلو کوشش کرنے میں کیا حرج ہے"۔۔ راجیش بھی دودھ کا گلاس لے کر

چل پڑا۔

ابھی راجیش گھر سے نکلا ہی تھا کہ منکی آگئی۔

"منکی تم نے سنا' گنیش جی دودھ پی رہے ہیں؟"

"ہاں مالکن سُنا تو ہے' میرے محلے میں بھی کئی عورتوں نے جاکر گنیش جی کو دودھ پلایا ہے۔"

"تم نے پلایا کہ نہیں؟"

"مالکن ہم گریب لوگ کہاں سے پلائیں گے؟ بچہ کو تو پینے کھاتر دودھ ملتا نہیں۔ اب گنیش جی بھی دودھ پینے لگے تو دودھ کا اکال پڑ جائے گا۔"

"ارے تو اُس کی فکر چھوڑ اور جلدی سے گنیش جی کو دودھ پلا کر آ۔"

"مالکن میرے پاس دودھ نہیں ہے۔ آج بھی گوالہ ابھی تک دودھ نہیں دے گیا ہے!"

"میں دیتی ہوں"۔۔ نشی کچن میں جاتی ہے اور گلاس میں بھر کر دودھ لا کر دیتی ہے۔

"جا جلدی جا! کہیں گنیش جی کا پیٹ بھر نہ جائے اور دودھ پینا بند نہ کر دیں"۔۔ نشی منکی کو گلاس تھماتے ہوئے بولی۔

منکی بھی گلاس لے کر تیزی سے باہر نکل پڑی۔ اُس کے تیز قدم مندر کی طرف اُٹھ رہے تھے مگر دھیان اپنے بچے کی طرف تھا۔ اگر آج بھی دودھ والا نہیں آیا تو پھر میرا بچہ۔۔؟

اس کے قدم رکنے لگے۔۔'

گنیش جی کو پلانے کے لئے مالکن کے بھی کچن میں دودھ نکل آتا ہے' مگر میرے بچے کے لئے؟

مُنکی رک گئی' اُس نے ایک نظر مندر کی طرف جاتی ہوئی بھیڑ کو دیکھا' کچھ سوچا' اور پھر دھیرے سے اپنے گھر کی طرف مڑ گئی۔۔!

***